EL PACIENTE DEL DOCTOR PARKER

JASPER DEWITT

EL PACIENTE DEL DOCTOR PARKER

Traducción de
María Enguix Tercero

PLAZA JANÉS

Papel certificado por el Forest Stewardship Council®

MIXTO
Papel | Apoyando la
silvicultura responsable
FSC® C117695

Penguin
Random House
Grupo Editorial

Título original: *The Patient*

Primera edición: julio de 2024

© 2020, Jasper DeWitt, LLC
Publicado por acuerdo especial con Houghton Mifflin Harcourt Publishing Company
© 2024, Penguin Random House Grupo Editorial, S. A. U.
Travessera de Gràcia, 47-49. 08021 Barcelona
© 2024, María Enguix Tercero, por la traducción

Printed in Spain – Impreso en España

ISBN: 978-84-01-03313-1
Depósito legal: B-9190-2024

Compuesto en Comptex&Ass. S. L.

Impreso en Black Print CPI Ibérica
Sant Andreu de la Barca (Barcelona)

L033131

*A Roy, que me enseñó a ver lo mejor que hay en mí,
en lugar de lo peor que otros imaginaban*

El siguiente manuscrito se publicó en varias entregas bajo el hilo «Por qué estuve a punto de dejar la medicina» en MDconfessions.com, un foro ya desaparecido para profesionales de la salud que cesó su actividad en 2012. Un amigo mío de la promoción de 2011 en Yale, interesado en la medicina, lo archivó por curiosidad y tuvo la gentileza de compartirlo conmigo, pues conocía mi afición por las historias de terror aparentemente reales. Como podrá verse, el autor original utilizó un seudónimo, y todos los intentos por descubrir su verdadera identidad o la del resto de personajes de la historia resultaron infructuosos, ya que alteró numerosos detalles de identificación para impedir que lo reconocieran.

13 de marzo de 2008

Escribo esto porque, hoy por hoy, no sé con certeza si estoy en posesión de un terrible secreto o es que he perdido la cabeza. Como psiquiatra en ejercicio, entiendo que, obviamente, eso sería perjudicial para mí tanto desde un punto de vista ético como profesional. No obstante, como me niego a creer que estoy loco, publico aquí esta historia, porque lo más probable es que seáis las únicas personas que puedan considerarla posible. Para mí es una cuestión de responsabilidad para con la humanidad.

Antes de seguir, dejadme que os diga que me gustaría ser más específico con los nombres y los lugares que he mencionado, pero la verdad es que necesito conservar mi puesto de trabajo y no puedo permitirme engrosar las listas negras de los profesionales de la medicina y la salud mental por airear los secretos de mis pacientes, por muy especiales que lleguen a ser sus casos. Aunque los sucesos que describo en este relato son reales, este es el motivo que me ha llevado a disimular nombres y lugares, todo por preservar mi carrera e intentar proteger a mis lectores.

Los pocos detalles que puedo revelar son los siguientes: la historia transcurrió a comienzos de la década del 2000 en un hospital psiquiátrico estatal de Estados Unidos. Mi prometida, Jocelyn, una mujer inteligente y despierta, enormemente meticulosa y de una belleza radiante, que disfrutaba de un fondo fiduciario y además era especialista en Shakespeare, seguía enfrascada en su tesis doctoral sobre las mujeres de *El rey Lear*. Fue por esta tesis y por mi deseo de permanecer lo más cerca posible de ella por lo que decidí hacer entrevistas de trabajo únicamente en hospitales de Connecticut.

Por una parte, como había estudiado en una de las escuelas de medicina más prestigiosas de Nueva Inglaterra, a lo que siguió una residencia igual de rigurosa y valorada en la misma región, mis mentores se mostraron especialmente intransigentes con el asunto de mi próximo paso profesional. Los nombramientos en hospitales poco conocidos y escasamente financiados eran para los simples mortales de Villa Olvido, no para médicos con un diploma donde podía leerse *Lux et Veritas* y, en particular, con unos estudios y una formación clínica tan destacados como los míos.

A mí, por lo demás, no podría haberme importado

menos esta clase de ascenso profesional. Un roce con el lado feo del sistema de salud mental en mi infancia, acompañado del internamiento de mi madre por esquizofrenia paranoide, me predispuso a un mayor interés en reparar las piezas rotas de la medicina que en apoltronarme en sus escalafones más elevados, por muy cómodos y funcionales que fueran.

Pero, para conseguir un empleo incluso en el peor de los hospitales, iba a necesitar referencias, y eso significaba que los prejuicios del cuerpo docente influirían en mis decisiones. Resultó que uno de los médicos particularmente quisquillosos a los que acudí conocía de su época universitaria a la directora médica del hospital público más cercano. Al menos, me dijo, trabajar a las órdenes de alguien con sus cualidades me libraría de contraer malos hábitos y quizás nuestro «sentido exacerbado del altruismo» haría que nos complementáramos. Acepté sin reparos, en parte para obtener la referencia y en parte porque el hospital que me había recomendado mi profesor —un lugar modesto y lúgubre al que llamaré Sanatorio Estatal de Connecticut para ahorrarme una posible demanda— encajaba a la perfección con mis preferencias, puesto que era uno de los hospitales más desafortunados y mal financiados del sistema sanitario de Connecticut.

Si no hubiera compartido la mentalidad científica que se niega a antropomorfizar los fenómenos naturales, habría tenido la impresión de que la atmósfera misma intentaba enviarme una advertencia cuando hice el primer viaje al hospital para la entrevista. Cualquiera que haya pasado un tiempo en Nueva Inglaterra durante la primavera sabrá que a veces el tiempo se pone feo sin previo aviso, porque, con perdón de Forrest Gump, el clima en Nueva Inglaterra es como una caja de mierda: encuentres lo que encuentres, siempre apesta.

Pero hasta para los criterios de Nueva Inglaterra, hacía un mal día. El viento rugía entre los árboles y embestía, primero contra mí y luego contra mi coche, con la violencia de un toro bravo. La lluvia batía con fuerza contra el parabrisas. La carretera, parcialmente visible gracias al limpiaparabrisas, se asemejaba más a un camino de carbón negro al purgatorio que a una vía pública, apenas delimitada por un amarillo opaco y las carrocerías del resto de conductores, que parecían más fantasmas que humanos propiamente dichos en la inmensidad del paraje gris y húmedo. La niebla sofocaba el aire con sus siniestras volutas, algunas de las cuales se extendían por el pavimento desafiando al navegante a aventurarse en la soledad de la carretera rural.

En cuanto pude distinguir la señal que indicaba la salida, tomé el desvío y empecé a subir el primero de lo que parecía un auténtico laberinto de lúgubres carriles anegados en la bruma. De no haber sido por el fidedigno conjunto de indicaciones de MapQuest que había imprimido antes de partir, lo más probable es que me hubiera extraviado durante horas buscando el camino por las diferentes sendas montañosas que, con una zigzagueante indolencia que despistaba y se mofaba del navegador, conducían a los sinuosos cerros del Sanatorio Estatal de Connecticut.

Pero, si el trayecto hasta el hospital se me había antojado funesto, aquello no fue nada en comparación con los malos presentimientos que me asaltaron al entrar en el aparcamiento y vislumbrar por primera vez el campus del Sanatorio Estatal de Connecticut que se extendía ante mí. Decir que el lugar me causó una impresión impactante y desagradable es la descripción más diplomática que puedo hacer. El complejo era asombrosamente grande para un hospital que contaba con tan poca financiación, y desprendía la decadencia peculiar de una institución antaño orgullosa y ahora marcada por la dejadez. Mientras pasaba por delante de hileras e hileras de ruinas abandonadas y tapiadas que en su día debieron de albergar pabellones, algunos de ladrillos rojos ya desvaídos y derruidos y otros hechos de piedra de arenisca deteriorada y devorada por la hiedra, me costaba creer que alguien hubiera podido trabajar, y mucho menos vivir, en aquellas tumbas fantasmagóricas que constituían el vasto monumento a la podredumbre que era el Sanatorio Estatal de Connecticut.

Encaramado en el centro del campus y eclipsando a sus abandonados hermanos, se alzaba la única construcción que había logrado permanecer abierta a pesar de los recortes presupuestarios: el edificio principal del hospital. Incluso en su forma relativamente funcional, la monstruosa pila de ladrillos rojos parecía haber sido edificada para hacer cualquier cosa salvo disipar las sombras de la mente. Su imponente estructura, dominada por severos ángulos rectos y con unos agujeros rectangulares enrejados por toda ventana, parecía haber sido concebida para amplificar la desesperación y proyectar más sombras. Incluso la escalera blanca maciza que conducía a sus puertas —la única concesión hecha a la ornamentación— parecía más algo desteñido que pintado. Mientras la contemplaba, el olor fantasmal de los agentes esterilizantes me subió a la nariz. Ningún edificio que hubiera visto antes parecía encarnar tan al completo las líneas austeras y lúgubres de una salud mental impuesta de forma arbitraria.

Paradójicamente, el interior del edificio estaba extraordinariamente limpio y cuidado, si bien era incoloro y austero. Una recepcionista con cara de aburrimiento me condujo a la consulta de la directora médica en la última planta. El ascensor zumbó suavemente durante unos instantes, como era de esperar, antes de detenerse de forma brusca y repentina en la segunda planta. Me preparé para la entrada de un segundo pasajero cuando las puertas se abrieron lentamente. Pero no era solo otro pasajero. Eran tres enfermeras agrupadas en torno a una camilla que transportaba a un hombre. Aunque el hombre iba atado, supe con solo mirarlo que no era un paciente. Llevaba un uniforme de celador. Y gritaba.

—¡Soltadme! —rugió—. ¡No había terminado con él!

Sin responder, dos de las enfermeras empujaron la camilla dentro del ascensor, donde la tercera (una mujer más vieja con el cabello negro recogido en un moño ridículamente apretado) lo siguió dando un chasquido con la lengua al mismo tiempo que apretaba el botón de la tercera planta.

—Mi querido Graham —dijo con un leve acento que reconocí como irlandés—, es la tercera vez este mes. ¿No te dijimos que no entraras en ese cuarto?

Como testigo de esta interacción, pensé ingenuamente que quizás aquel hospital necesitaba de mis conocimientos y mis cuidados con urgencia. Por eso no me sorprendió que me ofrecieran el empleo de inmediato, aunque durante la entrevista tuve que someterme a un interrogatorio curiosamente riguroso por parte de la doctora G., la directora médica de la institución.

No creo que os sorprenda si os digo que trabajar en un hospital psiquiátrico, sobre todo si está falto de personal, es tan fascinante como deprimente. La mayoría de nuestros pacientes eran pacientes de corta duración o externos, y sus casos iban desde el abuso de sustancias y la adicción hasta los trastornos del estado de ánimo, en particular problemas relacionados con la ansiedad y la depresión, así como esquizofrenia y psicosis, e incluso un pequeño grupo de trastornos alimentarios. Como establecimiento público, tenemos la obligación de ayudar a todas las personas que llaman a nuestra puerta, y es habitual que hayan pasado por el sistema en repetidas ocasiones y se encuentren al borde de la desesperación y de sus recursos financieros. Los cambios políticos y económicos aportados al sistema de salud mental se traducen en que apenas tenemos una pequeña unidad de cuidados continuados. Como la mayoría de las compañías de seguros no corren a cargo de estos cuidados, los pacientes son privados o están bajo la tutela del Estado.

Entre las paredes de los pabellones te encontrabas con personas cuya visión del mundo sería sombríamente cómica si no fuera porque causaba tanto sufrimiento. Uno de mis pacientes, por ejemplo, intentó decirme desesperadamente que un club de estudiantes de una universidad de elite escondía en el sótano de un restaurante local una especie de enorme monstruo devorahombres con un nombre impronunciable, y que este mismo club había arrojado a su amada como pasto al monstruo. En verdad, el hombre había sufrido una crisis psicótica y había asesinado a su amante con sus propias manos. Otro paciente, entretanto, tenía el convencimiento de que un personaje de tebeo se había enamorado de él, y lo habían llevado a la unidad de cuidados de corta duración después de que lo arrestaran por acosar al historietista. A lo largo de los primeros meses, aprendí por las malas que no hay que enseñar la realidad a las personas con delirios. No sirve de nada y solo consigues ponerlos furiosos.

Luego estaban los tres señores ancianos que se tomaban todos por Jesús, y eso los llevaba a gritarse entre sí cada vez que coincidían en la misma sala. Uno de ellos tenía formación en teología y daba clases en un seminario. Profería a gritos citas aleatorias de Santo Tomás de Aquino, como si eso volviera más auténtica su reivindicación del título de Salvador. Una vez más, habría resultado gracioso si sus situaciones no hubieran sido tan deprimentes y desesperanzadas.

Pero todos los hospitales, incluso los que acogen a esta clase de pacientes, tienen al menos a un interno que es raro incluso para los parámetros de la unidad psiquiátrica. Me refiero a la clase de persona que hasta los médicos han dado por imposible y que todos rehúyen, por muy veteranos que sean. Esta clase de paciente está manifiestamente loco, pero nadie sabe cómo ha terminado así. Lo único que sabes es que intentar averiguarlo te volverá loco a ti.

El nuestro era particularmente raro. Para empezar, lo llevaron al hospital cuando solo era un niño pequeño y de alguna manera se las había arreglado para permanecer internado durante más de veinte años, a pesar de que ningún médico había conseguido diagnosticarlo jamás. Tenía nombre, pero me dijeron que en el hospital nadie lo recordaba, porque lo consideraban un caso incurable y ya nadie se tomaba la molestia de leer su historia médica. Siempre que alguien hablaba de él, lo llamaba «Joe».

Digo «de él» porque nadie hablaba «con él». Joe nunca salía de su cuarto, nunca iba al grupo de terapia, nunca

tuvo un cara a cara con el personal psiquiátrico o tera-
péutico, y prácticamente disuadían a todo el mundo de
acercarse a él. Punto. Al parecer, cualquier clase de contacto humano, incluso con profesionales formados, agra-
vaba su estado. Las únicas personas que lo veían con regularidad eran los celadores que tenían que cambiar sus
sábanas o llevarle y retirarle las bandejas de comida y la
enfermera que se aseguraba de que se tomara las medicinas. Estas visitas solían ser siniestramente silenciosas y
terminaban siempre igual: cuando salía de la habitación,
el personal involucrado lo hacía con cara de querer be-
berse todas las existencias de una licorería. Más tarde
supe que Graham, el celador que yo había visto amarrado a la camilla cuando llegué para la entrevista, acababa
de salir de la habitación de Joe ese día.

En tanto psiquiatra recién incorporado al equipo de
psiquiatría, yo tenía acceso a la historia clínica y a las
recetas de Joe, pero la poca información que vi era su-
mamente escueta; al parecer, solo abarcaba los datos
del último año y era un informe constante de la dispen-
sa de antidepresivos y sedantes ligeros. Lo más extraño de
todo era que su nombre completo no figuraba en los informes que me dejaron ver, y lo único que permitía identificarlo era el lacónico apodo de «Joe».

Como médico joven y ambicioso, con abundancia de
buenas notas y escasez de modestia, me sentí fascinado
por el misterioso paciente, y nada más oír hablar de él
me metí en la cabeza que sería yo quien lo curaría. Al

principio lo mencionaba como una suerte de broma pasajera y desenfadada, y quienes me oían se reían de mí sin falta y lo atribuían a un adorable entusiasmo juvenil.

Sin embargo, había una enfermera a la que confié seriamente mi deseo, la misma que había visto ocuparse de Graham, el celador. Por respeto a ella y a su familia, la llamaré Nessie, y es con ella con quien empieza verdaderamente esta historia.

He de decir unas palabras sobre Nessie y la razón por la que le conté mis proyectos. Nessie trabajaba en el hospital desde que, siendo una enfermera recién graduada en los años 1970, había emigrado de Irlanda. Técnicamente, era la directora de enfermería y solo trabajaba de día, pero parecía estar siempre disponible y cualquiera habría pensado que vivía en el hospital.

Nessie era una inmensa fuente de consuelo para mí y para los otros médicos y terapeutas, porque llevaba con mano firme a un equipo que no solo se extendía a las enfermeras, sino también a los celadores y al personal de mantenimiento. Parecía conocer la solución a prácticamente todos los problemas que pudieran presentarse. Si era preciso tranquilizar a un paciente iracundo, ahí estaba Nessie, con los negros cabellos desvaídos recogidos en un moño austero y los afilados ojos verdes relucientes en un rostro enjuto. Si un paciente era reacio a tomarse sus medicamentos, Nessie estaba ahí para convencerlo de que lo hiciera. Si un miembro del personal faltaba por alguna razón inexplicable, Nessie siempre estaba ahí para sustituirlo. Si todo el establecimiento hubiera ardido de cabo a rabo, tengo la certeza de que habría sido Nessie quien hubiera explicado al arquitecto cómo restaurarlo exactamente como antes.

En otras palabras, si querías saber cómo funcionaban las cosas o necesitabas cualquier tipo de consejo, hablabas con Nessie. Solo esto ya habría sido una razón suficiente para abordarla con mi ambición algo ingenua, pero existía otro motivo aparte de todo lo que ya he dicho: Nessie era la enfermera que se encargaba de administrarle la medicación a Joe y, por lo tanto, era una de las pocas personas que interactuaban con él con cierta regularidad.

Recuerdo muy bien aquella conversación. Nessie estaba sentada en la cafetería del hospital, sujetando un vaso de papel lleno de café con sus manos asombrosamente firmes. Pude percibir que estaba de buen humor porque llevaba el pelo suelto, y Nessie parecía acatar la regla según la cual, cuanto más tensa estaba, más apretado se recogía el cabello. Esta vez se lo había dejado suelto y eso significaba que se sentía más relajada que nunca.

Me serví una taza de café y me senté enfrente de ella. Cuando se percató de mi presencia, su rostro se abrió en una rara sonrisa espontánea e inclinó la cabeza a modo de saludo.

—Hola, Parker. ¿Cómo está nuestro niño prodigio? —preguntó con ese ligero acento irlandés en la voz que hacía de ella una persona mucho más reconfortante. Sonreí a mi vez.

—Aparentemente algo suicida.

—¡Uy, uy, uy! —respondió ella con fingida inquietud—. ¿Necesitas que te dé unos antidepresivos entonces?

—Ah, no, no es nada de eso —expliqué riendo—. No, con «suicida» me refiero a que estoy pensando en hacer algo que todo el mundo considerará seguramente un auténtico disparate.

—Y como es un disparate, vienes a hablar con la loca más vieja del pabellón. Ya veo.

—¡No quería decir eso!

—Pues claro que no, muchacho. No te cagues por la pata abajo —dijo con un gesto tranquilizador—. ¿Y cuál es esa proeza temeraria en la que estás pensando?

Me incliné hacia delante con gesto conspiratorio, permitiéndome una pausa dramática antes de responder.

—Quiero intentar la terapia con Joe.

Nessie, que también se había inclinado para oír mis palabras, dio un respingo brusco, como si hubiera recibido un picotazo. Su taza de café se estrelló contra el suelo con una salpicadura. Después se santiguó como por reflejo.

—¡Jesús! —susurró con un acento irlandés más pronunciado—. No bromees con eso, tonto del culo. ¿Tu madre nunca te ha dicho que no hay que asustar a las pobres viejitas?

—No bromeo, Nessie —repuse—. Lo digo en…

—Sí, y tanto que bromeas, y no deberías hacer otra cosa. —Tenía los ojos verdes lívidos, pero, al mirarla, pude percibir que no estaba enojada conmigo. Parecía una osa que acabara de rescatar del peligro a su cría. Cariñosamente, apoyé una mano en su brazo.

—Lo siento, Nessie. No pretendía asustarte.

Su mirada se suavizó, pero eso no arregló su expresión. Ahora solo parecía demacrada. Puso una mano sobre la mía.

—No es culpa tuya, muchacho —respondió con un acento menos pronunciado a medida que el miedo desaparecía de sus rasgos—, pero no tienes ni puñetera idea de lo que estás diciendo, y más te vale no descubrirlo jamás.

—¿Por qué? —pregunté con calma—. ¿Qué es lo que le pasa? —Luego, temiendo que tal vez no contestara, añadí—: Nessie, sabes que soy un sabelotodo. No me gustan los rompecabezas que no puedo resolver.

—Eso no es culpa mía —dijo con frialdad mientras sus ojos se endurecían de nuevo—. Pero, de acuerdo, si gracias a eso consigo hacerte desistir, te diré por qué: porque cada vez que tengo que llevar medicinas a… su habitación, empiezo a preguntarme si no sería preferible ingresar en este hospital solo para ahorrarme de nuevo el trance. A veces me cuesta dormir de las pesadillas que tengo. Así que escúchame, Parker, si eres un chico tan listo como creemos, no te acercarás a él. De lo contrario, podrías terminar aquí también. Y ninguno de nosotros quiere ver cómo eso sucede.

Ojalá pudiera decir que sus palabras no fueron en vano, pero lo cierto es que solo exacerbaron mi curiosidad. Sobra añadir que esa fue la última vez que hablé abiertamente con un miembro del personal de mi ambición de curar al misterioso paciente. Pero ahora tenía una razón aún mejor: si yo era capaz de curarlo, Nessie y los otros que se veían obligados a lidiar con él se librarían de lo que parecía ser la principal fuente de infelicidad de su vida. Tenía que encontrar los registros médicos del paciente y ver si era capaz de establecer un diagnóstico.

Ahora bien, podríais estar preguntándoos por qué no fui a hablar directamente con mi jefa y, en vez de eso, terminé recurriendo a un subterfugio para dar con los mencionados registros. La estructura del hospital estaba organizada de tal manera que raras veces me cruzaba con la directora médica que me había contratado, la doctora G.

Mi supervisor diario era un hombre al que llamaré doctor P. y, por desgracia, supe desde el primer día de conocerlo que seríamos como el agua y el aceite. Era un hombre robusto de aspecto atormentado que llevaba la cabeza rapada y una barba tan salvaje que no habría resultado inverosímil que pudiese ocultar dentro los cadáveres de varios animalillos. Sus ojos, dos ranuras aburridas y toscas como las de un marrano, emanaban una amargura tan obstinada que, en caso de que le tocase la lotería, dudo mucho que se llevara una alegría. Al principio me hostigó verbalmente, pero enseguida comprendí que solo se estaba dando importancia para imponerme su autoridad. Más tarde me enteré de que era un vago de tomo y lomo y apenas conseguía hacer su trabajo —su método para atender a los pacientes consistía en medicarlos hasta atontarlos—, lo que a mí me permitía una tremenda autonomía en mis quehaceres. Por fortuna, la dinámica que me imponía implicaba que raras veces hablaba con él, y mucho menos le pedía orientación, y nadie necesitaba hablar con él de mí. Así las cosas, el hombre apenas participaba en las reuniones de equipo habituales; unas sesiones de carácter casi diario durante las cuales todos revisaban los planes de tratamiento de los pacientes. Casi nunca lo veía fuera de su consulta, donde parecía esconderse con huraño malhumor.

Pero volvamos a mi búsqueda del expediente de Joe. Para poder acceder al expediente de un paciente ingresado antes del año 2000, era preciso pedirle al encargado de los registros médicos que recuperase la ficha en papel, teniendo como punto de referencia el apellido del paciente. Esto era así porque el hospital no tenía digitalizado nada anterior al año 2000, a excepción de los nombres y las fechas de admisión de los pacientes. La búsqueda por nombre o fecha de admisión era teóricamente posible, pero me aconsejaron que, a menos que quisiera que los encargados de los registros me mataran, era mejor no pedirles este trámite.

Al final di con una solución oportunista. Eché un vistazo a la lista de turnos y medicamentos de Nessie en un raro momento en que descuidó la vigilancia. Para mi inmensa satisfacción, este documento parecía ser el único sitio donde figuraba el nombre completo de Joe: Joseph E. M.

Con la esperanza de sortear al chismoso encargado de los registros que trabajaba entre semana y que siempre se mostraba insolente conmigo, incluso cuando necesitaba comprobar registros por razones legítimas, fui un fin de semana en que Jerry, básicamente un alcohólico funcional, hacía su turno en la sala de registros. Me dejó entrar, me indicó por dónde tenía que ir, me espetó que más me valía «dejar los p*tos expedientes en su sitio» cuando hubiera terminado y luego volvió a arrellanarse en su silla.

Por fin tenía el expediente en mis manos. Joseph E. M. había ingresado por primera vez en 1973 a la edad de seis años y seguía figurando bajo la tutela del hospital. El expediente estaba tan cubierto de polvo que dudé de que alguien lo hubiera abierto en los últimos diez años, y era tan grueso que parecía a punto de reventar.

Pero las anotaciones clínicas seguían ahí y en un estado de conservación sorprendente, junto con una tosca fotografía en blanco y negro de un niño rubio mirando a la cámara con los ojos muy abiertos y la mirada feroz. La sola visión de la imagen me transmitió una sensación de peligro. Aparté los ojos para fijarme en las notas y empecé a escudriñarlas.

A medida que iba leyendo, comprendí que las afirmaciones que aseguraban que Joe no había sido diagnosticado faltaban a la verdad. El problema no era la inexistencia de un diagnóstico. Lo habían intentado un par de veces, pero los síntomas de Joe parecían mutar de forma impredecible. Sin embargo, lo más sorprendente era que le habían dado el alta médica, en una fase muy temprana de su experiencia en el sistema de salud mental, después de haber pasado solamente cuarenta y ocho horas en el hospital. A continuación, las anotaciones completas del médico que lo atendió en su momento:

5 de junio de 1973

El paciente Joseph M. es un niño de seis años que sufre terrores nocturnos agudos, entre ellos las alucinaciones vividas de algún tipo de criatura que vive en las paredes de su dormitorio y que sale de noche para asustarlo. Los padres de Joseph lo trajeron al hospital tras un episodio especialmente violento en el que sus brazos sufrieron contusiones y abrasiones importantes. El paciente afirma que fueron las garras de la criatura. Puede ser indicativo de una tendencia a autolesionarse. Prescripción: 50 mg de trazodona, junto con alguna terapia básica.

6 de junio de 1973

El paciente ha cooperado en la sesión de terapia. Sufre de entomofobia aguda y posibles alucinaciones audiovisuales. Anoche no experimentó trastornos del sueño, pero explicó que eso se debía únicamente a que el monstruo «no vive aquí». Sin embargo, cuando se le presentó la teoría de que el monstruo era una parte de su propia psique, el paciente fue muy receptivo, lo que sugiere que no se trata de nada más grave que los miedos normales de la infancia. He sugerido a los padres que monitoricemos al paciente durante 24 horas más y empecemos posiblemente con un tratamiento leve de antipsicóticos si vemos más evidencias de alucinaciones. Los padres se mostraron receptivos.

Casi me eché a reír. Parecía ridículo que unas anotaciones tan breves se hubieran convertido en el preludio de décadas de terror. No obstante, seguí leyendo. Las notas indicaban que le habían dado el alta después de las veinticuatro horas adicionales prometidas. También había una referencia a una grabación de audio de la sesión de terapia de Joe, cuyo número tuve la precaución de anotar en el cuaderno que había traído conmigo.

Sin embargo, el optimismo del médico tras la primera visita parecía claramente desacertado, porque Joe volvió al día siguiente, esta vez con una serie de trastornos mu-

cho más graves. Y después no volvieron a darle el alta
nunca más. A continuación, los apuntes relativos a su segundo ingreso:

                                    8 de junio de 1973

El paciente Joseph M. es un niño de seis años ingresado an-
teriormente por terrores nocturnos. Se le prescribieron
sedantes y algunas técnicas rudimentarias de afronta-
miento. La condición del paciente ha cambiado drástica-
mente desde entonces. Ya no muestra signos de entomofobia o posibles alucinaciones. Ahora el paciente parece
haber retrocedido a un estado preverbal.

   El paciente muestra además una alta propensión
a la violencia y el sadismo. El paciente ha agredido a
numerosos miembros del personal, y han tenido que inmovilizarlo. A pesar de su relativa juventud, el paciente parece intuir qué partes del cuerpo humano son
más vulnerables o sensibles al dolor. Esto puede
aplicarse también a un nivel estrictamente indivi-
dual. El paciente propinó una patada a una enfermera
mayor en la espinilla, de la que había sido operada
recientemente. Tuvieron que llevársela en silla de
ruedas.

   El paciente ya no coopera con la terapia. Emite
chasquidos y sonidos ásperos en lugar de hablar y ya no
hace movimientos bípedos. Sigue mostrándose agresivo y

fue necesario inmovilizarlo y llevárselo después de que
intentara agredir al doctor A.

9 de junio de 1973

El estado del paciente ha vuelto a cambiar. Cuando la
enfermera Ashley N. le dijo al paciente que era «un
niño malo por dar tantas patadas y puñetazos», el paciente recuperó repentinamente sus competencias verba-
les. Procedió a agredir verbalmente a la señora N.,
llamándola «matacristos nariguda», «zorra lela», etc.
La señora N. se sintió muy angustiada y terminó por pedir la baja, alegando que los insultos del paciente le
habían provocado recuerdos traumáticos.

La violencia física selectiva del paciente, el abuso
verbal y el comportamiento antisocial sugieren una forma de trastorno de personalidad antisocial por lo general demasiado sofisticado para alguien de su edad. Quedan por explicar las percepciones personales específicas
por parte del paciente.

10 de junio de 1973

El estado del paciente sigue deteriorándose. Cuando lo
trajeron para una revisión, el paciente no hizo ningún
intento por interactuar, sino que empezó a agredir ver-

balmente al psiquiatra. Se refirió a él como un «borra-
chuzo inútil», un «asqueroso asexuado» y un «mariquita
mimado», entre otras cosas. Todos estos insultos co-
rresponden a ataques personales previamente sufridos
por el psiquiatra en momentos de angustia mental aguda.
Le pregunté al paciente por qué había elegido estos insultos. El paciente se negó a responder. Le pregunté
al paciente si alguien lo había insultado de ese modo. El
paciente se negó a responder. Le pregunté al paciente
por qué elegía agredir verbalmente a la gente de esa
manera. El paciente dijo que tenía que hacerlo porque
era «un niño malo». Le pregunté al paciente si podía
dejar de ser un niño malo. El paciente preguntó qué
pensaba yo. Le pregunté al paciente qué pensaba él. El
paciente se negó a responder. Finalmente, se le ha retirado la terapia. A título personal, quisiera dejar
constancia de que, después de una única sesión de terapia con este muchacho, he estado a punto de romper la
promesa que contraje hace veinte años en Alcohólicos
Anónimos, y eso no me había ocurrido con ninguna otra
experiencia durante ese periodo. Por lo tanto, solicito
que otro psiquiatra me sustituya en este caso.

No había más registros posteriores sobre el tratamiento
de Joe. Al parecer, una única sesión fue suficiente para
que el autor de estas anotaciones tirase la toalla, completamente desquiciado. Yo no daba crédito. Incluso un

centro hospitalario falto de personal debía esforzarse más. De hecho, el único testimonio de ese año era una nota breve del director médico en la que ordenaba mantener a Joe aislado del resto de internos. Durante los cuatro años siguientes no había nada más.

15 de marzo de 2008

Increíble. En serio, no esperaba que mi primer post suscitara tanto interés. Si soy sincero, creí que pensaríais que estaba exagerando. Y, vale, sé que esa ha sido la respuesta de algunos (te leo, DrHouse1982), pero, en general, el carácter positivo de las reacciones hasta ahora me ha dejado verdaderamente alucinado.

También subestimé lo difícil que sería plasmar por escrito todo esto, aunque el que todos parezcáis tan dispuestos a creerlo, e incluso a especular sobre lo que pudiera estar pasando, es muy reconfortante. He leído vuestros comentarios, y aunque puedo deciros desde ya que ninguno de vosotros se encuentra siquiera remotamente cerca de percibir lo mal de la cabeza que estaba este paciente (aún no conocéis ni la mitad de la historia), es agradable constatar que hay personas que se toman en serio un relato como este. Tal vez haya esperanza después de todo.

Bien, ¿por dónde iba? Ah, sí, el expediente de Joe, y el hecho de que, básicamente, permaneció en la sombra durante cuatro años.

El expediente se reanudó en 1977. Esta vez, se habían suprimido partes de cada entrada, precedidas de una nota que indicaba la necesidad de dirigirse a la doctora G. (para obtener el expediente entero). Al parecer, los recortes de fondos habían obligado al personal a repartir a los pacientes en habitaciones compartidas. En una nota, el nuevo director médico, el doctor A., indicaba al personal que debían buscar compañeros de cuarto para Joe que no desencadenaran su condición, fuera la que fuera.

El personal fracasó rotundamente en este cometido.

El memorándum con contenido que seguía también era del doctor A. e iba dirigido a la doctora G., a quien yo conocía como directora médica. Decía así:

                                    14 de diciembre de 1977

No sé de quién fue la idea de trasladar a Philip A. a
la habitación de Joe, pero, sea quien sea el responsable, quiero que lo despidan. Poner a un hombre adulto
con serios problemas de ira en una habitación con un
chico que tiene una necesidad tan poderosa de sacar de

quicio a cualquiera no podía terminar bien. Así que ahora parece que tenemos al menos a un paciente cuya familia podría presentar cargos si alguna vez descubre el calvario por el que ha pasado su hijo. Supongo que ya habrás oído las historias sobre Philip y que tuvieron que sedarlo para no darle la oportunidad de cumplir su promesa de «matar al p*to monstruito». No sé cómo afectará esto al estado de Joe, pero imagino que no será bueno.

Al parecer, Joe fue trasladado a un hospital convencional con un brazo roto, algunas costillas magulladas, conmoción cerebral y fractura de cráneo. Después de este primer desastre, los informes indicaban que, cuando Joe regresó, le buscaron a alguien más de su edad como compañero de habitación: un niño de ocho años ingresado por problemas relacionados con un autismo severo. Esta decisión condujo a un resultado catastrófico.

16 de diciembre de 1977

Nuestra compañía de seguros no estará muy contenta si se producen más incidentes como el de Will A. La única buena noticia, supongo, es que la autopsia no revela ningún indicio de acto criminal. Las tendencias violentas de Joe debieron de moderarse un poco. Pero, incluso

aunque sea probable que la autopsia nos exonere de toda
responsabilidad, me preocupa que un buen abogado lo
desmonte en un juicio. ¿Cuándo fue la última vez que un
niño de ocho años murió de una insuficiencia cardiaca?
Consulta con la enfermera y reza para que no le hayamos
dado una dosis demasiado fuerte de lo que sea a Will.

El siguiente compañero de habitación de Joe era un niño
de seis años que había ingresado con un trastorno de estrés postraumático debido a los abusos sexuales sufridos
a manos de su padre. Una nota junto a la nueva disposición de las habitaciones indicaba a los celadores y a las
enfermeras que los vigilasen periódicamente porque el
chico tenía tendencia a volverse violento. Pero quien se
benefició de esta protección fue precisamente él.

                                18 de diciembre de 1977

El paciente Nathan I. fue trasladado con el paciente
Joseph M. a una habitación compartida. A las 22 horas,
se cierra la habitación de Nathan y Joe para apagar las
luces. A la 1:34, se oye al paciente Nathan sollozar y
gritar. A la 1:36, el celador Byron R. entra en la habitación y encuentra a Joe encima de Nathan, en plena
agresión sexual. El paciente Nathan es apartado y el
paciente Joe es inmovilizado y puesto en confinamiento

solitario. El paciente Nathan presentaba hematomas, múl-
tiples mordeduras y una leve fisura anal. Fue transfe-
rido a otro centro para darle un tratamiento médico. El
paciente Joe permanecerá en aislamiento durante una semana. Se recordará nuevamente a todo el personal que no
debe hablar de cuestiones sexuales delante de pacientes
menores de edad. Se aconseja encarecidamente el despido
de todos los celadores sanitarios, a excepción del celador R.

El último compañero de habitación que tuvo Joe, procedente del grupo de enfermos mentales, era un adolescen-
te adicto a la metanfetamina que había desarrollado un
grave trastorno de personalidad paranoide. Lo más probable es que lo eligiesen por creer que le resultaría fácil
dominar a Joe si el chico intentaba agredirle. Es más,
como medida de precaución adicional contra esa clase de
agresiones, los pusieron en una habitación donde era fácil inmovilizarlos de forma permanente y de esta manera
evitar que se hicieran daño el uno al otro.

Sin embargo, la cosa no salió mejor.

20 de diciembre de 1977

Antes de nada, manda a alguien a buscar correas más
fuertes para las camas. Después de lo que pasó anoche

con Claude Y., y de todo lo que ha pasado esta semana,
vamos a tener que garantizar al público que nada de eso
volverá a repetirse. Además, ordena que los celadores
repasen la habitación una vez más, porque, sinceramente, me cuesta creer la explicación que nos han dado. No
me interesa lo paranoico que fuera Claude; no hay nada
en esa habitación que pudiera asustarlo hasta el punto
de hacerle morder varias correas de cuero y tirarse por
la ventana. Las correas son lo bastante duras incluso
para una subida de adrenalina media. Pero ¿forzar una
ventana con barrotes? Tendría que haber algún problema
con los barrotes, la cama o la ventana.

Sea como sea, voy a averiguar qué hace ese niño para
que se produzcan accidentes como este. Escoge al celador que quieras para que se quede con él mañana por la
noche. Asegúrate de que el celador tenga todo lo que
necesite para defenderse. Trata este caso como el de un
paciente criminal demente, aunque no podamos probar que
haya pasado gran cosa aparte del incidente de Nathan.
Ah, y pide al celador que lleve encima una grabadora.
Quiero que todo quede registrado para un análisis posterior, hasta el mínimo suspiro de ese cabroncete.

Había otra anotación que indicaba dónde encontrar la
cinta de audio que resultaba de esta orden. También
anoté el número. Había una última comunicación del
doctor A. sobre Joe, y en ella hallé finalmente al menos

una respuesta parcial que explicaba por qué el personal tenía tantas dificultades para diagnosticar y tratar a este paciente en concreto. Pero, a diferencia de los documentos anteriores, no se trataba de un memorándum. Era una nota manuscrita, al parecer conservada por la doctora G.

> *Querida Rose:*
>
> *Acabo de hablar con Frank. Me parece más que evidente que no estará en condiciones de trabajar durante un mes como mínimo, teniendo en cuenta el estado en el que se encuentra. ¿Y sabes qué? Quiero dejarle ese tiempo de baja por enfermedad, porque es culpa mía que esté así. No puedes castigar a alguien por cumplir tus propias órdenes. No obstante, si no está mejor al final de ese periodo, tendremos que mantenerlo aquí.*
>
> *También he llegado a una conclusión: sea cual sea el trastorno de Joe, estoy seguro de que no conseguiremos curarlo. Ni siquiera creo que podamos diagnosticarlo. Es obvio que no está en el* Manual diagnóstico y estadístico de los trastornos mentales. *Y, teniendo en cuenta el efecto que produce en los demás, empiezo a dudar de que alguien consiga diagnosticarlo.*
>
> *Sin embargo, ¿sabes qué? Me estoy adelantando. Primero, hablemos de lo que Frank me contó. Dice que Joe se pasó toda la noche susurrándole. Nada más. Solo susurraba. Pero no era la voz normal de un niño. No sé cómo, pero el chico consiguió poner una voz gutural y ronca, y se pasó la noche intentando recordarle a Frank cosas que habían hecho juntos, como si lo conociera de algo.*
>
> *Pero, Rose, la cuestión es que las cosas que Joe inten-*

taba recordarle a Frank... eran pesadillas que Frank había tenido de pequeño. Decía que era como si el monstruo de esas pesadillas le hubiera estado susurrando toda la noche y diciéndole cuánto añoraba perseguirlo, atraparlo y comérselo.

Una cosa de lo más extraña. ¿Cómo iba a saber un chico tan joven lo que soñaba de pequeño un celador de cuarenta años? Por eso decidí escuchar la cinta. Y no puedo llegar a otra conclusión que no sea que todo fue fruto de su imaginación. No oí ningún ruido, y eso que el micrófono estaba al máximo. Para colmo, Joe estaba amarrado al otro lado de la habitación. Por eso, si hubiera emitido algún sonido lo suficientemente alto como para que Frank lo oyera, el micrófono lo habría captado. No creo que eso pudiera haberse evitado a menos que estuviera susurrándole al oído, cosa que, como es evidente, resulta imposible.

Sin embargo, lo más extraño es que, después de un rato, escuché a Frank respirar muy fuerte. Y su patrón de respiración no era normal. Parecía estar hiperventilando. De hecho, era como si estuviera teniendo un ataque de pánico. Pero lo escuché varias veces y no había otros sonidos. En absoluto. Así que no tengo ni idea de lo que Frank está diciendo.

Ahora sé con certeza, después de esta sesión y de la que tuve con Joe, que no podemos curarlo. Sería necesario un médico mejor que yo para entenderlo, y por eso os deseo suerte para que encontréis a uno que esté dispuesto a venir a trabajar a este agujero de mierda. Tal vez termine muriéndose aquí, pero la verdad es que no hay nada que podamos hacer.

Rose, un día serás directora médica. Los dos lo sabemos. Lo hemos hablado largo y tendido. Sé que piensas *que esto es responsabilidad tuya. Sé que tendrás la tentación de seguir probando cosas nuevas con él. No lo hagas. Limítate a mantenerlo aquí a expensas de sus padres y ve contándoles cualquier historia. Son lo suficientemente ricos como para permitirse una vida entera de cuidados. Incluso si por alguna razón terminan en la quiebra, encuentra espacio para incluir este gasto en el presupuesto. Yo no podría vivir con la conciencia tranquila si supiera que ha estado a mi cargo y al final consigue salir al mundo real para causar problemas por lo que sea que tenga, solo porque nosotros fallamos. Prométemelo, Rose.*

Thomas

Después de esta carta, solo había un documento oficial que decía que el hospital pondría término a cualquier terapia con Joe. Tendría una habitación propia, pero al precio de quedarse encerrado en ella las veinticuatro horas del día, los siete días de la semana. Solo se permitiría la entrada de un grupo específico de celadores para cambiarle las sábanas y llevarle la comida. La tarea de administrarle la medicación sería encomendada solo a la enfermera más veterana. Se disuadiría al resto del personal de acercarse a él. Para referirse a él, emplearían un diminutivo extremadamente indefinido, para que quien quisiera averiguar más información sobre él no supiera ni por dónde empezar. En suma, todo lo que yo había observado desde mi llegada a mi nuevo lugar de trabajo.

No obstante, si antes me había sentido intrigado, ahora estaba completamente obcecado. Tenía la posibilidad de descubrir un trastorno que no se había documentado hasta entonces; no solo la alteración de algo que ya figuraba en el *Manual diagnóstico y estadístico de los trastornos mentales*, ¡sino algo completamente nuevo! Y tenía al paciente cero bajo el techo de mi hospital. La elección de mi residencia empezaba a parecer casi un acto divino. Ahora solo quedaba una cosa por hacer: escuchar las grabaciones de las cintas que había visto referenciadas en los registros.

Inmediatamente, volví a ver al empleado de registros y le enseñé los números de las cintas, esperando conseguirlas con relativa rapidez. Sin embargo, para mi sorpresa, después de teclear los números en su ordenador, el funcionario frunció el ceño en señal de confusión y regresó a la sala de registros sin decir palabra. Diez minutos más tarde, volvió con un aire más confundido.

—No hay nada registrado con esos números, doctor —dijo—. Nunca lo ha habido. ¿Está seguro de que los ha anotado bien?

Tenía la certeza de que sí y, de todos modos, no podía arriesgarme a otra visita que pudiera darle una pista sobre el informe que había consultado. Además, si las cintas habían estado guardadas allí alguna vez, tendría sentido que las hubieran destruido o retirado, teniendo en cuenta que estaban relacionadas con el paciente más problemático del hospital. Fingí una sonrisa cansada y negué con la cabeza mirando al empleado.

—Alguien me ha gastado una broma —dije—. Siento haberle hecho perder el tiempo.

Salí de la sala de registros y me marché discretamente del hospital. Consciente de que necesitaría tiempo para asimilar lo que acababa de leer, decidí parar en una cafetería antes de volver a casa. Una vez dentro, empecé a tomar mis propias notas improvisadas para conservar fresco en la memoria lo que había leído para un análisis posterior. Estas notas constituyeron la base de mi recreación del expediente en las páginas anteriores.

Era obvio que Joe había empezado con algún tipo de trastorno de la empatía, que pudiera haber empeorado por la conmoción cerebral que sufrió a manos de su primer compañero de cuarto. Si se hubiera limitado a ser un mocoso malo al que le gustaba incordiar a la gente porque sí, habría sido fácil diagnosticarlo como un caso típico de trastorno antisocial de la personalidad.

Pero la cuestión es que los problemas de empatía de Joe parecían tomar direcciones tan diferentes como extremas. Su empatía emocional —es decir, la capacidad de sentir lo que sienten los demás— no existía pura y llanamente, si tenemos en cuenta que había empujado a más de uno a cometer suicidio y había intentado violar a un chico antes incluso de saber lo que era una violación. Pero su empatía cognitiva —la capacidad de reconocer lo que sentían los demás— debía de ser increíble. Casi sobrehumana. No solo podía detectar las inseguridades ajenas, sino que también era capaz de predecir con perfecta exactitud cómo explotarlas para provocar la máxima angustia. Era el tipo de habilidad que habrías esperado de un interrogador cualificado de la CIA, no algo que un niño pequeño hubiera desarrollado de forma espontánea.

Pero lo más desconcertante había sido su aparente cambio de táctica justo después de su desastroso encuentro con su primer compañero de habitación. Antes de eso, los numerosos registros de terapia indicaban que su método preferido era inducir en sus víctimas sentimientos de rabia y odio hacia sí mismas. Sin embargo, inmediatamente después, su *modus operandi* había cambiado, y había pasado a provocar un miedo tan extremo que desencadenaba una respuesta de lucha o huida. ¿A qué se debía este repentino cambio de método? ¿Qué había sucedido para que sus síntomas se hubieran alterado? ¿Quién tiene la certeza de que el desencadenante de esos sentimientos de miedo había sido él? ¿Y qué decía el hecho de que la grabación del encuentro entre el celador y Joe solo revelaba silencio?

Esa noche, probablemente a causa de la referencia al terrible episodio del celador, reviví una de mis pesadillas infantiles. En condiciones normales no me explayaría mucho al respecto, porque me trae unos recuerdos horrorosos, pero es mejor que lo explique porque es relevante para lo que sucedió después.

Cuando yo tenía diez años, mi madre fue internada en un hospital por esquizofrenia paranoide. Mi padre decidió ingresarla después de la noche en que se despertó y se la encontró tendida sobre la mesa de la cocina con el cuchillo más afilado que teníamos clavado en la muñeca, mientras farfullaba algo de unos insectos diabólicos que el demonio le había metido en los oídos para que oyera los gritos de los condenados. Estaba convencida de que, si se cortaba, los insectos saldrían con la sangre y ella dejaría de oír las voces. Yo desconocía este problema en aquel entonces. Mi padre me explicó que se aseguraba de que yo estuviera fuera de casa cada vez que mamá tenía una crisis, lo que, en retrospectiva, explica por qué me dejaba quedarme a dormir en casa de mis amigos sin rechistar cada vez que se lo pedía. Pero, aunque yo era pequeño, intuía que algo iba mal y por eso, al despertarme una mañana, no me sorprendió ver a mi padre sentado a la mesa de la cocina y que me explicara, con expresión grave y triste, que mi madre debía marcharse.

Sin embargo, como es natural, yo echaba de menos a mi madre y empecé a rogarle que me llevara a verla. Durante mucho tiempo se negó, pero terminó por ceder y me acompañó al St. Christina's, el hospital donde la habían internado. Aquella visita estuvo a punto de destrozarme y apagó por completo cualquier deseo de volver a verla alguna vez.

Para daros un poco de contexto, os diré que St. Christina's es uno de esos hospitales urbanos pobres que nunca fue financiado como es debido y sobre el cual pesan numerosas denuncias de malos tratos a pacientes, incluso en la actualidad. Para el gobierno local, el centro era efectivamente un vertedero de despojos humanos, y la ciudad de donde yo vengo nunca ha perdido el sueño por intentar procurar confort a quienes considera basura.

Por fortuna, mi padre tenía un buen empleo y podía permitirse que mi madre no fuese por la calle empujando un carrito y gritando a los transeúntes, pero por los pelos. El St. Christina's era nuestra única opción. De pequeño, yo no comprendía que algunos hospitales fuesen mejores que otros. Hasta aquella visita.

Mi madre estaba internada en un pequeño edificio lateral donde alojaban a los pacientes más necesitados económicamente. Mucho antes de llegar a su habitación, supe con certeza que aquel no era mi sitio. El espacio estaba detrás de dos puertas pesadas, feas y grises, que se abrían con un chirrido que parecía haber sido concebido para desasosegar al espíritu humano. El vestíbulo, por su parte, era poco más que un cubo mugriento, con sillas que ni las chinches se dignarían tocar.

Algunos pacientes, vestidos con idénticas batas andrajosas, deambulaban libremente por los pasillos circundantes y lanzaban miradas asustadizas y murmullos cavernosos a los visitantes cuerdos. A pesar de mis diez años de edad, pude sentir la rabia y el miedo en aquellos ojos que parecían gritar en sus órbitas: «¿Qué haces aquí, entre los condenados, pobre niño bobo? ¿No te ha dicho tu mami que este no es lugar para ti?».

Pero mi madre era uno de los condenados. Lo supe en cuanto llegamos a su habitación y el celador abrió la puerta. En ese instante me llegó un olor insoportable a orina y sangre, e incluso el celador se tapó la nariz con un gesto reflejo de repugnancia antes de llamar a gritos a sus colegas. Sin comprender que ocurría, entré.

Mi madre estaba en cuclillas junto a la pared, con la bata empapada en un charco de su propia orina, que se extendía lentamente. Llevaba en la mano una pequeña navaja improvisada que se había clavado en la muñeca, de la que brotaba sangre de color rojo vivo. Debió de sentir mi mirada sobre ella, porque se volvió hacia mí y su boca se abrió en una sonrisa tan amplia que me sorprendió que sus mejillas no se rajaran. Tenía un cardenal feo y negruzco en la frente, quizás de haberse dado cabezazos contra la pared.

—Parker, hijo —murmuró—. Ven a ayudarme con esto. Estas malditas larvas no quieren salir de mi cuerpo, cariño.

Yo no tenía ni idea de qué decir. Ni siquiera sabía qué pensar. Me quedé mirando a la abominación que una vez fue mi madre. Al ver mi semblante, que seguramente era de asombro y repulsión, la cara de mi madre se descompuso, y soltó el cuchillo. Con la muñeca todavía encharcada, levantó el rostro hacia el techo y lanzó un aullido animal que lentamente se transformó en risa. O en sollozos. Con toda sinceridad, no habría sabido decirlo. Luego, poco a poco, empezó a arrastrarse hacia mí, y la sangre de la muñeca se mezcló con la orina del suelo formando un caldo rojizo repugnante a su alrededor. Una parte de ella debió de recordar que era madre y que su hijo tenía miedo, porque se puso a canturrear una nana con una voz queda, pero ronca de tantos meses de sufrimiento:

—Duérmete, niño, duérmete ya —carraspeó—. Que viene el coco y te llevará...

Se oyeron fuertes pisadas detrás de mí y dos celadores entraron corriendo, uno de ellos empuñando una jeringuilla. Ella seguía cantando y riendo cuando la agarraron y la empujaron hacia la cama.

—¡Que viene el coco! —chilló—. Y te comerá...

La jeringuilla penetró su piel y ella se calló. Me di la vuelta y corrí a los brazos abiertos de mi padre, que me ciñó contra él mientras yo lloraba con un terror primitivo e incomprensible.

Tenéis que saber esto para comprender que ese fue el día en el que decidí ser psiquiatra. Y no un psiquiatra cualquiera, sino uno que jamás tratase a ningún paciente como un deshecho, por muy desesperado o detestable que pareciera.

Este suceso me lleva de nuevo a la pesadilla que tuve después de leer el expediente de Joe. Uno de los efectos menos sorprendentes de una experiencia traumática es tener pesadillas sobre esa misma experiencia, en particular cuando el cerebro está tan poco desarrollado como lo estaba el mío en aquel fatídico encuentro con mi madre.

Como habréis podido deducir después de leer estas líneas, sigo debatiéndome con la creencia de que tengo la obligación de ayudar a todas y cada una de las personas que padecen una enfermedad mental y han sido abandonadas a su suerte, simplemente porque una parte de mí sigue preguntándose si fui yo el responsable de la demencia de mi madre. Es cierto que culparme de eso es irracional, pero los niños —y los adultos que siguen procesando traumas de la infancia— no se culpan solo por un deseo secreto de desprecio hacia sí mismos. Se culpan para poder sentir que controlan lo que parece una situación imposible; porque la única manera que tienen de sentirse capaces de procesar la realidad es recuperando su voluntad, incluso si eso implica culpabilizarse de algo sobre lo que no tienen ningún control.

Me gusta pensar que, a medida que he ido envejeciendo, me he vuelto más capacitado para afrontar el trauma de esa experiencia, sin sentir la necesidad de exigirme un nivel imposible que me procurase la sensación de tener el control. Pero al principio no fue así, y fue probablemente por eso por lo que se produjo la pesadilla que voy a describir.

En el sueño, todo empezaba igual que en la vida real. Yo entraba en el St. Christina's y tomaba asiento en la lúgubre sala de espera. Pero allí no había un alma aparte de mí. De hecho, en el sueño, yo sabía de alguna manera que el edificio entero estaba vacío, a excepción de mí y de aquello, la cosa a la que antes llamaba mamá.

Sentía su presencia en el edificio sin verla ni oírla. Ese mal horrible y traumatizante vibraba en cada centímetro de pared, silla y alfombra raída sobre el que mis ojos se posaban. Y, aunque habría dado cualquier cosa por levantarme y huir de aquel miserable y ruinoso monumento al infierno personal de las almas rotas, lo que yo deseaba y lo que el sueño me permitía hacer eran cosas completamente distintas. Así que, en lugar de correr, sentí que me levantaba como hechizado y luego caminé despacio, paso a paso, por el suelo de linóleo gris manchado hasta la habitación que alojaba a mi madre.

Pude oír su risa antes de llegar: el cacareo agudo, cortante y afligido de una condenada. Las paredes parecían contraerse a mi alrededor literalmente, como las paredes del estómago de una boa. Cuanto más me acercaba a su habitación, más desesperadamente luchaba por apartarme, y cuanto más luchaba, más deprisa me obligaba a avanzar la pesadilla. Cuando llegué a la puerta tras la cual farfullaba el infierno de mi propio trauma infantil, el olor a orina y a sangre alcanzó mis fosas nasales y me privó de oxígeno, mientras que, con una fuerza implacable y despiadada, el sueño me obligó a mirar el origen de los sonidos y los olores.

Mi madre estaba, como había estado en la vida real, agazapada contra la pared de su guarida —la guarida de la cosa—, con la sucia bata de hospital completamente calada debajo de la cintura por el charco de orina que se extendía lentamente por el suelo. Cuando entré en la celda, percibió mi presencia y levantó su rostro malicioso hacia mí.

Fue en ese instante cuando mi subconsciente se las arregló para transformar los pormenores ya de por sí horrendos de aquel recuerdo en la verdadera materia alucinógena de que están hechas las pesadillas. La sonrisa de mi madre no era solo amplia y maníaca; era tan amplia que sus mejillas se habían desgarrado, revelando unas encías ensangrentadas que vertían su espantoso fluido escarlata por la barbilla y la bata. Sus brazos no estaban meramente rajados por los cortes brutales y escarpados del pincho, sino que las heridas supuraban y bullían de larvas. Y, mientras que mi madre de la vida real solo me parecía alta comparada con mi estatura infantil, la madre de la pesadilla era tan alta que no conseguía mantenerse erguida en la celda, sino que se cernía sobre mí con la cabeza inclinada bajo el techo, como una araña que saliva mientras observa la sangre de la mosca atrapada en su telaraña.

Fue entonces cuando gritó. Normalmente, me ahorraba oírla, porque yo mismo reaccionaba gritando y terminaba por despertarme. Pero, por algún motivo, la noche que encontré el expediente de Joe, mi mente no permitió que mi garganta formara el sonido necesario. Al contrario, me vi obligado a expeler sonidos aterrorizados y ásperos mientras aquel aullido interminable y cargado de perdición reverberaba en las cavidades de mis oídos. No sabría decir cuánto tiempo duró el trance, pues en los sueños el tiempo escapa al reloj más preciso, pero la angustia mental que sentí fue tan intensa que podrían haber transcurrido varias horas.

Sin embargo, esta no era la única sorpresa espantosa que me reservaba el subconsciente. Otro nuevo horror me estaba esperando. Mientras la madre de la pesadilla chillaba, el lodazal bajo sus pies empezó a burbujear como si hirviera. Luego, de pronto, desde las profundidades de aquella poza sórdida y fétida, emergieron dos antenas que se enroscaron alrededor de mi madre con una fuerza temible. Las antenas parecían hechas de pelo negro enmarañado y cuero manchado de sangre, pero se movían y se sacudían como tentáculos amarrados a algún horrible terror subterráneo. Cuando arrastraron a la madre de la pesadilla hasta hacerla caer de rodillas en la poza, la mujer empezó a encogerse, sus heridas cicatrizaron y su rostro adoptó la expresión de amor frustrado que mi madre, mi verdadera madre, solía mostrar cuando intentaba consolarme.

—Oh, mi niño querido —canturreaba—. Mi dulce bebé...

El sueño no me permitió ningún intento de ayudarla. Por el contrario, me vi obligado a presenciar cómo aquellas horribles antenas erizadas arrastraban a mi madre a lo que ahora parecía un lago de su propia inmundicia. Cuando su cabeza alcanzó por fin la superficie, oí un sonido terrible: como un borboteo seco, una risa resonó debajo del lago con un sadismo desquiciado que se acrecentaba a medida que las antenas sumergían los últimos restos de mi madre en sus profundidades. No sé cómo, pero esta visión hizo que mi cerebro liberase mi garganta y la llamé a gritos:

—¡Mamá! ¡Mamá! ¡Vuelve! Ma…

—¡Parker! ¡Parker!

Luego noté que alguien me sacudía y, sin más, el sueño se esfumó de mi cabeza. Me encontré mirando fijamente a los ojos soñolientos, muy asustados y, sin embargo, ferozmente cariñosos, de Jocelyn.

18 de marzo de 2008

Hola, gente. Qué bueno ver que la acogida es cada vez mayor. Y gracias por vuestros comentarios. No, ya no puedo hacer nada por ella. Mi madre falleció siendo yo muy joven, lo que agrava aún más mi incapacidad de ayudarla. Dicho esto, esta historia no trata de ella. Solo necesitaba que conocierais ese periodo de mi pasado.

Por suerte, el sueño no se repitió esa noche y terminé por olvidarlo cuando volví del hospital. Después de leer el expediente del caso, tenía muchas granas de ver si habría alguna posibilidad de conseguir una audiencia con nuestro paciente del problema misterioso. Me preguntaba de qué manera podría pasar por encima de mi supervisor, porque sabía que si le hablaba del asunto me daría con la puerta en las narices. Cuando, como parte de mi orientación, me hizo una visita guiada de las instalaciones, evitó deliberadamente el final del pasillo que conducía al cuarto de Joe. Cuando le pregunté al respecto, por poco me arranca la cabeza y me dijo que me ocupara de mis propios pacientes y que nunca interfiriera en el trabajo de otro psiquiatra a no ser que me lo pidieran. «No puedes ayudar a todo el mundo». Así que necesitaba encontrar una justificación para pasar por encima de él. Pero, al llegar al hospital, me encontré con una nueva distracción.

Una multitud se había congregado en torno a la entrada principal, incluido un número nada desdeñable de personas cuyas cámaras y micrófonos delataban sin lugar a dudas como periodistas. De inmediato movido por la curiosidad, me abrí paso entre la multitud y vi que cargaban una camilla con una bolsa para transportar cadáveres en un furgón policial. Preocupado, busqué entre el gentío alguna cara reconocible y reconocí a un celador al que había visto trabajando en la misma sala que yo. Me abrí paso hasta él y le pregunté qué ocurría.

—Nessie ha muerto. —Su voz sonó hueca, como a un millón de kilómetros de distancia—. Dicen que se tiró del tejado anoche, después de hacer su ronda. Nadie sabe por qué, pero uno de los pacientes dice que lo hizo después de haber terminado…, ya sabes, con él.

Tan horrorizado como mi interlocutor, alargué un brazo para darle un sentido abrazo y transmitirle que lo lamentaba tanto como él, pero no reaccionó; su conmoción seguía siendo demasiado intensa.

Y fue así como mi necesidad de curar a Joe se convirtió en algo personal.

Nota: La próxima actualización tendrá lugar el viernes. Nos estamos acercando a esas cosas sobre las que me cuesta mucho más hablar; por eso, mi ritmo de escritura será probablemente más lento.

21 de marzo de 2008

Jo, tío, sabía que estaba lanzando una granada en este hilo con mi último post, pero esto no me lo esperaba. ¡La hostia! Los moderadores fijaron esta publicación al principio del foro. Nunca pensé que mi pequeña confesión fuera a despertar tanto interés, ni tanto cariño, y no imagináis cuánto os lo agradezco. También me ha hecho mucha gracia leer todos vuestros intentos de diagnosticar a Joe, a pesar de que ninguno se acerca siquiera a la verdad. Pero, al leer vuestros comentarios, me ha resultado más fácil recordar toda la paja que los otros médicos habían descartado, y eso me ha permitido recordar otros detalles más fácilmente.

Todavía no he llegado a la parte que me hace dudar de mi propia cordura y los recuerdos ya están despertándome la necesidad de beber más y más para reunir el ánimo de sentarme a escribir. Tengo preocupada a mi mujer, pero en cuanto le he explicado de qué se trataba, lo ha entendido. Ella es la única persona a la que se lo he contado y, no sé si es por amor o por apertura de miras, pero me cree. Me alegra ver que sois muchos quienes también lo hacéis, y, después de la última parte, parece que algunos de vosotros ya os estáis acercando a la verdad. Sin embargo, no creo que nadie pueda entender toda la historia. Al menos no tan pronto. Sencillamente porque no tenéis suficiente información.

En cualquier caso, me había quedado en el suicidio de Nessie y en la conmoción que causó a tantas personas.

Es normal que fuera así, la verdad sea dicha. Yo llevaba poco tiempo en el hospital, pero sabía que la pérdida de una enfermera como Nessie se lamentaría durante años. En el transcurso de los días que siguieron a la tragedia, se hizo evidente que el pabellón donde yo trabajaba tenía problemas para funcionar sin ella, que había soportado la mayor carga de trabajo. La policía tampoco era de gran ayuda, pues se empeñó en interrogar uno por uno a todos los miembros del personal, cosa que nos retrasó más aún y despertó numerosas sospechas sobre un acto criminal que resultaban molestas. Finalmente, el caso se resolvió como un suicidio y la policía nos dejó en paz.

Para mantener el orden en el servicio, el doctor P. se vio obligado a intervenir y controlar más al personal que ya supervisaba teóricamente. Su nueva y agresiva participación se manifestó gritándome que dejara de perder el tiempo en terapias de conversación con mis pacientes, que para eso ya estaban las sesiones de grupo, y que me limitara a medicarlos para que estuvieran tranquilitos. Un médico más fácil de intimidar probablemente no habría rechistado, pero no fue mi caso. En lugar de eso, le respondí que visitara él mismo a mis pacientes si pensaba que mis métodos no funcionaban, porque, de lo contrario, me aseguraría de dejar por escrito que me había pedido hacer algo ineficaz. El doctor P. perdió los estribos y me llamó algo que no voy a publicar aquí, pero acabó cediendo, porque sabía que los pacientes a mi cargo recibían recetas más personalizadas y se beneficiaban de una mayor atención por mi parte.

—Ya has dicho lo que tenías que decir —gruñó—. Pero, ahora que Nessie está muerta, todo el mundo tiene que arrimar más el hombro. Si tus métodos no consiguen adaptarse a esto, entonces más te vale que te busques otro sitio donde trabajar.

No se equivocaba con lo de «arrimar más el hombro» y, maldita sea mi valentía, porque le envié un memorándum no solicitado con los pormenores de los pacientes extra y los detalles de triaje que estaría dispuesto a asumir para aligerar su carga de trabajo. Nombré a dos pacientes más que sufrían depresión grave y, lo que es más importante, incluí el nombre de «Joseph M.» en mi lista.

Al día siguiente, llegué temprano y, cuando vi que me había adelantado al doctor P., deslicé el sobre con mi lista por debajo de su puerta. Dos horas más tarde, el doctor llegó al hospital, tan fanfarrón y malhumorado como de costumbre y, sin saludar siquiera al resto de la plantilla, abrió la puerta de su consulta y entró a grandes zancadas. Luego se oyó el sonido del papel arrugándose y lo vi vacilar un poco y agacharse para recoger algo del suelo. Me alejé apresuradamente y me sumergí en una tarea propia. Fuese cual fuese su reacción, quería darle unos minutos antes de tener que soportar…

—¡Maldito Parker H.!

La voz del doctor P. sonó como un campanazo ronco. Bueno, bueno, la cosa prometía. Oí unas pisadas furiosas acercándose a mi consulta y después la cara del doctor P. asomó por el marco de mi puerta, roja de estupor y rabia.

—¡A mi consulta, chico prodigio! ¡Ahora!

Me levanté esforzándome por mantener la calma y obedecí, notando que empezaban a sudarme las manos. Las apreté y me senté a la mesa, enfrente del doctor P., haciendo todo lo posible por dirigirle una mirada serena.

El doctor P. cogió mi lista de nuevos pacientes y prácticamente me la lanzó por encima de la mesa.

—¿Qué es esto? —espetó, señalando el nombre de «Joseph M.» con un dedo gordo—. ¡¿Qué narices es esto?!

Me encogí de hombros.

—Usted me pidió que arrimara el hombro. Estoy poniendo mi energía al servicio del hospital.

La respiración del doctor P. se aceleró del esfuerzo que hacía por conservar la calma.

—¿Cómo has conseguido este nombre? —preguntó lentamente—. ¿Quién te ha dicho que teníamos un paciente con este nombre? ¿Tienes la menor idea de quién es?

—Sí, sé quién es. Me lo contó Nessie. —Lo cual era técnicamente cierto.

Los ojos del doctor P. se contrajeron en dos furiosas líneas.

—¿Tú sabes algo sobre este paciente?

—Sí, y quiero tratarlo.

—¡No! No quieres, y por mis muertos que no lo harás. No sabes nada de él. Solo quieres demostrar que, en esta tierra de enanos, el gigante eres tú. Pero te has pasado de rosca, Parker. Esto es lo que va a pasar ahora: vas a salir de esta consulta y jamás volverás a hablar de esto. Jamás. O me aseguraré personalmente de que te despidan y te devuelvan con el rabo entre las piernas a esos putos reaganistas de New Haven, ¡¿estamos?!

—Ya es suficiente, Bruce.

Me sobresalté. La voz fría y acerada que había venido de la puerta de la consulta pertenecía nada menos que a la doctora G. El doctor P., que se había inclinado sobre la mesa para ser más persuasivo con sus amenazas, palideció al momento y se dejó caer en la silla.

—Rose —dijo—. ¿Qué estás...? Quiero decir, siempre es un placer tenerte en el pabellón, pero ¿por qué...?

—Porque necesito ver a alguien —respondió ella tranquilamente mientras entraba en la consulta con una frialdad regia—. Eso si has terminado de darle un motivo para que presente una queja contra ti en recursos humanos, claro.

—Ah —balbució el doctor P.—. Bueno… Quería decir…

—Fuera, Bruce.

—Solo estaba…

—Las palabras no alcanzan a expresar lo poco que me importa. Fuera.

—Espera…, esta… esta es mi consulta.

—Y necesito utilizar tu mesa unos minutos.

El doctor P. se levantó con aire desanimado y se dirigió hacia la puerta. Sin embargo, en el camino, algo pareció molestarle y se volvió hacia mí con una mirada que destilaba tanta rabia como compasión.

—Niñato tonto del culo —gruñó—. Solo intento protegerte. Has hecho un buen trabajo aquí. Odio reconocerlo, pero así es. Aléjate de esto antes de que sea demasiado…

—Fuera, Bruce. Ahora.

El doctor P. me lanzó una última mirada lastimera y salió de la consulta. Me quedé a solas con la doctora G., que cruzó hasta la mesa del doctor P. y se sentó, observándome con receloso interés. Sus ojos se fijaron en mi lista de nuevos pacientes propuestos y esbozó una sonrisa lúgubre mientras la leía.

Acabo de caer en la cuenta de que nunca he descrito a la doctora G. A juzgar por las fechas del expediente que había consultado, debía de rondar los cincuenta y pocos, pero no aparentaba más de cuarenta. Tenía una melena castaña rojiza que le llegaba a los hombros, unos ojos verdes penetrantes y la cara redonda pero ligeramente demacrada. También era muy alta —más que yo con los formales zapatos de tacón negros que llevaba— y muy delgada, y su cuerpo parecía más propio de una atleta olímpica que de una médica. Si yo hubiera tenido más años, probablemente la habría encontrado atractiva, pero como no era el caso, su mirada de halcón solo tenía el efecto de recordarme lo dolorosamente joven e inexperto que yo era. Era como exponerse a los rayos X de una máquina muy crítica.

Después de considerarme unos instantes, habló.

—Supongo que esto era inevitable. Así que, dime. ¿Por qué quieres intentar la terapia con un paciente incurable?

—Bueno, no estoy tan seguro de que sea incurable.

—¿Cómo lo sabes? ¿Has hablado con él?

—No.

—¿Por qué no?

La miré boquiabierto.

—A ver, supuse que si lo intentaba me despedirían..., con tanta gente amenazándome para que mantuviera las distancias con él.

—¿Quién te amenazó?

—Bueno... El doctor P., como habrá podido comprobar. Y Nessie.

—Ah... Bueno, aunque asumía las tareas de todo el mundo, puedo garantizarte que Nessie no tenía autoridad para despedir a nadie. Podrías haber cogido la llave y haber ido a visitar a Joe cuando hubieras querido.

Parpadeé.

—¿Quiere decir que no hay ningún procedimiento especial?

—Oh, para tratarlo, sí —respondió—. Pero ¿para entrar en su habitación? No. Creo que una combinación de miedo a Bruce, a Nessie y a las historias sobre el propio Joe mantienen a la mayoría de la gente alejada. Los que entran rara vez se quedan más de unos minutos a menos que sea necesario, y los que tienen que hacerlo..., bueno, ya viste lo que le pasó a Nessie.

—Sí —asentí—. Lo vi.

Me miró ladeando la cabeza.

—¿Y eso no te disuade? ¿No tienes miedo de acabar igual?

—No —respondí—. En todo caso, lo que ella hizo terminó convirtiendo esto en algo personal.

—Ya veo —comentó—. Bueno, la siguiente pregunta, entonces. No has hablado con Joe, pero ¿has visto su expediente?

—No —respondí con la misma rapidez, pero algo en mi tono debió de delatarme, porque me fulminó con la mirada.

—Tengo mejores cosas que hacer que escuchar las mentiras de un médico principiante. A la próxima pregunta o dices la verdad o se acabó la reunión.

Tragué saliva.

—De acuerdo. Sí.

—Eso está mejor. Pues si has leído el expediente y aun así te quedan ganas de trabajar con él, eso es que tienes un diagnóstico en mente. ¿Te importaría aclararme qué has visto tú que los demás no hayamos visto después de veinte años de búsqueda?

Era una trampa.

—No creo que se les pasara nada por alto —respondí con cautela—. Pero el expediente dice que lo trataron por última vez a finales de los setenta. El *Manual diagnóstico y estadístico de los trastornos mentales* ha sido revisado desde entonces, como sabe.

—Deja de ser condescendiente conmigo y ve al grano.

Tragué saliva.

—Creo que su primer diagnóstico podría haber sido correcto, y podríamos estar tratando con un sociópata muy muy sofisticado. Más sofisticado de lo que pensábamos que podían ser en los setenta. Obviamente, también se da un trastorno sádico de la personalidad, y puede que tenga algún tipo de progeria psicológica que le hace parecer más adulto. Lo más extraño es su capacidad de inducir delirios en aquellos que lo rodean, lo cual es raro, pero posible. Por otra parte, creo que también podría comprobar si sufre algún tipo de trastorno en su forma de reflejar las emociones ajenas…

Levantó una mano para detenerme.

—Erróneo. No te reprocho haberlo intentado, pero el diagnóstico es erróneo. Y, la verdad sea dicha, sería imposible que hubieras acertado la respuesta de todos modos. No has visto el expediente.

Fruncí el ceño.

—¿No acaba de hacerme confesar que sí lo he visto?

—Lo que has visto no es el expediente completo. No soy estúpida. Sé que la gente encuentra la manera de burlar el sistema de registros cada pocos años para ver lo que hay allí. De modo que, en lugar de eliminar su expediente, dejé una serie incompleta de documentos, sabiendo que eso asustaría casi a cualquiera que, movido por la curiosidad, tuviera acceso a ellos. Lo que has visto es lo que yo quería que vieras. Nada más.

Parpadeé como un tonto.

—¿Qué más falta?

—El resto de documentos son un poco más prácticos y técnicos que los que has visto. Y luego están las dos cintas, claro. Hablando de ellas, por eso he sabido que estabas mintiendo. Porque cada vez que alguien pide los números de esos archivos nuestros empleados de registros saben que deben dejarme una nota. No saben por qué lo hacen, pero estoy segura de que tú puedes imaginarlo.

—Solo se pueden conocer esos números si has visto el expediente médico —dije con desaliento.

Ella asintió.

—O sea que, antes de entrar aquí, ya sabía que lo habías visto.

Se recostó en la silla del doctor P. y me miró con ojos satisfechos y penetrantes. Me pregunté si era así como se sentía un ratón observado por un gato.

—Ahora bien —continuó animadamente—, una vez que hemos establecido que yo soy la única persona de esta sala que tiene acceso a la mayor parte de datos, dime, además de suponer que todos éramos demasiado estúpidos como para ver nada solo porque aún no estaba contemplado en el *Manual diagnóstico y estadístico de los trastornos mentales* o porque no habíamos considerado que el paciente pudiera sufrir un cóctel de trastornos raros que cualquier persona habría descartado al cabo de veinte años…, ¿por qué motivo debería permitir que te acercases a un paciente que he aislado del resto del personal? Y, por favor, asume que esta vez mis razones son inteligentes.

—Yo… —Hice una pausa para ordenar mis pensamientos—. Supongo que es inútil preguntarle cuáles son esas razones.

—No, me alegro de que lo preguntes —dijo y, para mi sorpresa, sonrió—. Supongamos que es inútil por ahora, pero te reconozco el mérito de hacer una pregunta en lugar de intentar responderla apresuradamente. Es un punto a tu favor. Sin embargo, me gustaría que intentaras adivinar la respuesta y, si eres lo bastante perspicaz, tal vez te la diga.

Medité un poco.

—Bueno, hay un par de cosas sobre el tratamiento que le dieron que no acaban de tener sentido. Voy a asumir que tienen una razón de ser, y veamos si consigo empezar por ahí e ir descubriendo el resto.

No dijo nada, pero tampoco dejó de sonreír. O yo iba por el buen camino o tan errado que daba risa.

—Empecemos por eso que me dice de que cualquier persona puede hablar con Joe si quiere, pero lo cierto es que nadie lo hace. Y, sin embargo, yo le dije al doctor P. que quería intentar terapia con él y se puso como loco. Teóricamente, la terapia solo implica hablar con el paciente, pero si cualquier persona está autorizada a hablar con él, eso quiere decir que usted cree que necesita algo más que terapia de conversación y medicamentos. Algo que requiera más recursos hospitalarios aparte del tiempo de un médico y su recetario.

—Vas por mal camino —dijo con un leve movimiento de cabeza.

Luchando contra el impulso de hacer una mueca, empecé de nuevo:

—De acuerdo, puede que solo sea necesaria la terapia de conversación y los medicamentos para tratarlo. —Hablaba más despacio esta vez, intentando resolver el rompecabezas—. Pero, aun así, sigue desaconsejando que hablen con él, tanto que apuesto a que incluso hacer tan poco como eso entraña un peligro. Pero, incluso si viene bien en pequeñas dosis, hablar de vez en cuando con un paciente no equivale a hacer terapia con él. Yo puedo acercarme a un paciente catatónico y empezar a hablarle, pero eso no lo convierte en mi paciente. No soy responsable de él solo por haber intentado hablarle. Pero si lo acepto oficialmente como paciente, entonces tengo muchas más responsabilidades, tanto de cara a su tratamiento como a la hora de asegurarme de que no ocurra nada malo. Su familia podría demandarnos si hiciéramos algo realmente erróneo. Por otro lado...

La doctora iba a comenzar a interrumpirme, por lo cual mis tres últimas palabras probablemente habían sonado más desesperadas de lo que yo hubiera querido, aunque tuvieron el efecto deseado. Cerró la boca y siguió escuchando. Suspiré lentamente.

—Por otro lado —proseguí—, ustedes ya creen que es incurable, por eso supongo que otros médicos lo habrán intentado todo con él y, puesto que aún no les han quitado la custodia, imagino que la inquietud por la posible insatisfacción de la familia no debe de ser un factor muy importante. Lo que significa que está protegiendo a alguien más.

De repente, tomé conciencia de la situación.

—¡Solo puede ser eso! Porque en su expediente hay una nota del último director médico dirigida a usted en la que dice que, incluso si su familia dejara de pagar, habría que mantenerlo aquí a expensas del hospital para proteger de él al mundo exterior. Pero eso sigue sin explicar por qué le preocupa tanto evitar que un médico lo asuma como paciente. Se supone que nosotros lidiamos con cosas con las que la mayoría de las personas no pueden lidiar.

Las palabras salían a borbotones de mi boca, y dudo que la doctora hubiera podido detenerme aunque hubiese querido. Pero no dio muestras de querer hacerlo. En todo caso, parecía casi orgullosa.

—A no ser que el problema sea más peligroso si cabe para nosotros —continué—, cosa que no es una situación normal con un paciente psiquiátrico, pero lo sería si se tratase de alguien que está en cuarentena por una enfermedad muy contagiosa. Esos pacientes están aislados de todos, salvo de quienes siguen los procedimientos adecuados para tratarlos de forma segura, debido al mayor riesgo que supone una exposición prolongada. Estar en la misma habitación que un paciente de ébola durante unos minutos no garantiza que nos infectaremos, pero pasar varias horas intentando tratarlo sin los procedimientos adecuados es prácticamente una sentencia de muerte.

»Del mismo modo, a juzgar por cómo lo ha dispuesto todo, hablar con este paciente durante unos minutos probablemente no ponga a nadie en peligro. Pero he visto lo que le ha pasado a Graham, el celador, y a Nessie. Ella se exponía a él todas las noches y acabó suicidándose. Lo que significa que le preocupa que lo asumamos como paciente porque eso implicaría un contacto prolongado con él, y nos expondría a un mayor riesgo de que nos empujase a hacer algo parecido a lo que ella hizo.

Me detuve bruscamente y sentí que me sobrevenía un escalofrío.

—Doctora G., si hubo otros que lo trataron..., hum..., ¿puedo preguntar qué les pasó?

La doctora levantó las manos y aplaudió lentamente.

—Esa es una pregunta que puedo responder. —Hablaba despacio. Su voz ya no era cortante, sino triste—. Para eso, tendrá que venir conmigo.

Se levantó y salió de la consulta del doctor P. a paso ligero, sin comprobar si la seguía. Me apresuré a ir tras ella y la alcancé en el ascensor. Subimos en silencio hasta la última planta y entramos en su consulta. La doctora abrió un cajón, sacó una gruesa carpeta de papel manila y la abrió.

—Como es evidente, el doctor A. hizo el diagnóstico inicial, o trató de hacerlo, en cualquier caso. Pero probablemente te has dado cuenta de que hay un intervalo de cuatro años desde entonces. Bien, lo creas o no, no dejamos a Joe completamente solo durante ese tiempo. Hubo quien intentó tratarlo. De hecho... —Tragó saliva—. Yo fui la primera. Acababa de llegar al hospital y el doctor A. me pidió que probara. Me había graduado entre los mejores de mi promoción, tuve un rendimiento excelente durante mi residencia y la beca y, como los hospitales psiquiátricos estaban mejor financiados en aquella época, podían permitirse el lujo de contratar a lo mejorcito. No eres el único al que señalan con frecuencia por ser el más listo de la sala.

Miró de reojo a su derecha; levanté la vista y vi sus títulos. Doctorado en medicina y filosofía. *Veritas*. Además de una residencia en el mejor hospital del país, una beca de investigación y dos certificaciones distintas. Era una diplomada como la copa de un pino.

—El doctor A. tenía razón. Yo era la persona más inteligente de la sala. Pero eso no impidió que intentara tragarme un frasco de pastillas de la enfermería a los cuatro meses de tratar a Joe. Después de eso, el doctor A. me destituyó y me mandó una baja psicológica obligatoria para que pudiera recibir terapia y recuperarme de la mala experiencia. Pasé unos meses más en una clínica privada antes de volver, y nunca más me asignaron a Joe. Después de mí, su siguiente médico pasó un año intentando tratarlo. Aquello terminó cuando el médico en cuestión dejó de presentarse al trabajo. Lo encontraron dos días después, cuando señalamos su desaparición. La policía lo descubrió escondido en su casa, sufriendo lo que deduzco que debieron de ser las secuelas de un brote psicótico. Digo «deduzco» porque en cuanto entraron en su casa, se abalanzó sobre ellos con un cuchillo y no tuvieron más remedio que matarlo a tiros.

Se quedó callada un instante, me dirigió una mirada seria y continuó.

—La siguiente doctora que trató a Joe apenas duró seis meses antes de entrar en un estado catatónico. Tuvieron que internarla aquí mismo. En mi opinión, podría haber sido una de tus pacientes, solo que consiguió procurarse un objeto afilado y se cortó la garganta en torno a un mes antes de que te incorporaras. De cualquier modo, después de ella, asignamos el caso de Joe a alguien un poco más curtido. Tenía formación militar y venía de un hospital donde había tratado a criminales dementes. Aguantó dieciocho meses antes de enviarnos una carta de dimisión con una sola frase y meterse una bala en la cabeza.

Llegó al final de la página y exhaló un hondo suspiro.

—Después de eso, Thomas, o sea, el doctor A., decidió ocuparse personalmente del caso. Y debo decir en su honor que sobrevivió a la experiencia. Sin embargo, suspendió el tratamiento al cabo de ocho meses. Antes de dimitir de su puesto de director médico unos años más tarde, entró en la junta directiva para asegurarse de que todos los futuros directores médicos firmaran un acuerdo según el cual se comprometían a no asignar el caso de Joe a ninguna persona sin entrevistarse previamente con ella y comprobar su idoneidad. Como todos mis predecesores, yo he cumplido este acuerdo y me he negado a asignarle un médico a Joe sin haber procedido a uno de estos exámenes previos. Porque tienes razón. Su locura es contagiosa. He visto cómo destruía a mis colegas e incluso al hombre que fue mi mentor y que me preparó para el puesto que hoy ocupo. Y casi me destruye a mí también.

Su mirada se cruzó con la mía y, por un instante, vi algo detrás de la mujer fría y cortante que era. Vi a una joven doctora furiosa y abatida que se había creído tan brillante como yo y que solo había podido contemplar con impotencia cómo un paciente arruinaba su vida y la de los que la rodeaban.

—Me está examinando —dije en voz baja. Ella asintió—. ¿Qué le hace Joe a la gente, doctora G.? Si su locura es tan contagiosa, me gustaría saber qué debo temer y así quizás pueda protegerme de ello.

La doctora frunció el ceño y una sonrisa amarga se dibujó en sus labios.

—Me temo que no puedo darte una respuesta, Parker. Por desgracia, esa es una pregunta que solo tú puedes responder, y te has ganado el derecho, por mucho que odie la idea de poner a alguien más en peligro. Pero has demostrado tener la suficiente sesera para hacerme pensar que quizás puedas hacer algo con él. Así que déjame preguntarte: ¿qué es lo que más temes?

—Hum. —Intenté pensar, pero no se me ocurría nada—. Yo... No lo sé.

—Lo siento, eso no servirá —dijo—. Si vas a intentar hacer terapia con él, necesitas saber la respuesta a esa pregunta antes. Es tu primera línea de defensa. De hecho, si lo tratas, también es la mía, porque si no sé la respuesta a esa pregunta, no tendré ni idea de qué podría amenazar a mi pupilo después de la primera sesión de terapia con él. Inténtalo de nuevo. Tómate tu tiempo.

Un escalofrío me recorrió la espalda.

—Se refiere a que él puede percibir...

—Solo. Contesta. La pregunta.

Eso era lo más parecido a un sí. De modo que reflexioné. Reflexioné durante varios minutos, en completo silencio, mientras la doctora G. no hacía nada por interrumpirme. Parecía tan fascinada por mi posible respuesta como yo perplejo. Pensé en todas las posibilidades habituales, por supuesto —ahogarse, insectos, fuego—, pero una cosa volvía una y otra vez a mi mente: la imagen de mi madre en su habitación de hospital. Solo podía dar una respuesta.

—Lo que más miedo me da es no ser capaz de proteger a las personas que me importan —dije finalmente—. Lo que más miedo me da es sentirme impotente a la hora de salvar a alguien.

La doctora G. levantó las cejas con genuina sorpresa.

—Interesante —comentó—. Y ahora mismo, ¿hay alguien entre mi personal que te importe tanto como para que su muerte pudiera dolerte? No te molestes en ser educado.

A pesar de su última instrucción, me sentí confuso y negué con la cabeza. Ella asintió.

—Eso pensaba. No llevas aquí el tiempo suficiente. Procura no desarrollar demasiado pronto ese tipo de apegos.

Sin mediar palabra, sacó una hoja en blanco de su escritorio, garabateó algo, firmó con su nombre y me la tendió.

—Llévale esto al doctor P. Desde este momento, eres el nuevo médico de Joe. Te reasignaré si me lo pides, pero con una condición. Debes concertar una cita conmigo y contarme con el mayor detalle posible qué te ha hecho para que decidas que no estás en condiciones de seguir siendo su médico. —Rebuscó en el cajón, sacó las dos cintas de audio y me las puso en las manos junto con el expediente que faltaba del paciente—. Ah, y ¿Parker? Intenta no suicidarte antes —dijo, mirándome a los ojos—. Ahora busca a Bruce, dondequiera que esté enfurruñado, y dale esta nota.

Encontré al doctor P. sentado en una de las sillas del vestíbulo, con aspecto amotinado y terriblemente cansado. Cuando me acerqué a su silla, emitió un gruñido insatisfecho a modo de reconocimiento, pero no se volvió.

—¿Qué pasa, chico prodigio? —preguntó—. ¿Has terminado el cara a cara con la jefa? ¿Vienes a limpiar tu mesa?

Como no sabía cómo reaccionar, simplemente le pasé la nota por encima del hombro. La cogió, la leyó y se desplomó en su silla como un hombre que acaba de enterarse de que han asesinado a un pariente cercano. Luego se volvió a mirarme y, por primera vez, su expresión no era ni hostil ni furiosa. Al contrario, sus ojos solo contenían derrota y miedo.

—Bueno, que me parta un rayo —resopló—. Rose debe de pensar que eres tan inteligente como crees. Lástima. Porque sé que intentar hacer esto te convierte en el capullo más estúpido y pirado del pabellón. Bien, ahora descubriremos exactamente hasta dónde llega tu estupidez. Y más te vale que, con la excusa de tu nuevo y flamante majareta, no descuides el resto de tus obligaciones. Espero que sigas cumpliendo todas las partes de tu propuesta.

—Por supuesto —asentí—. ¿Hay algo más que quiera discutir conmigo sobre la lista de pacientes nuevos y las horas de consulta que he propuesto?

El doctor P. soltó una carcajada hueca.

—No, chico, no. Ahora deja de hacerme perder el tiempo y vete a hacer algo por tus nuevos pacientes. Joe incluido.

Me lanzó una sonrisa irónica y carente de humor.

—¿Supongo que no necesitas ayuda para encontrar su habitación?

No. No la necesitaba.

24 de marzo de 2008

Uf. Muy bien, este tengo que escribirlo rápido, de lo contrario no lo terminaré nunca. Voy a tener una resaca de muerte, pero a tomar por saco. Plasmar estas cosas por escrito es como una quimioterapia para el alma. Duele de la hostia, pero ayuda a acabar con algo peor. Como no sirve de nada posponerlo, hablemos ya de mi primer encuentro con Joe. Y, sí, he intentado escribirlo exactamente como lo conservo en mi recuerdo, pero, claro, no llevaba encima una grabadora, así que, si tengo que parafrasear un poco en algunas partes para que el relato no parezca inconexo, confío en que me daréis un respiro.

Aunque su ocupante era muy temido y despreciado por el resto de la plantilla del hospital, la habitación de Joe cumplía muy pocos clichés de terror. Es cierto que se encontraba al final de un largo pasillo y eso daba a cualquier persona que caminase hasta allí mucho tiempo para reflexionar sobre lo que estaba haciendo con un temor presumiblemente creciente, pero estoy seguro de que era una elección deliberada. Teniendo en cuenta el contenido de su expediente, incluso abreviado, era lógico mantener a Joe lejos del resto de pacientes, y como muy pocos sanitarios tenían contacto con él, eso era una razón de más para dejarlo apartado. Además, su expediente hacía referencia a la riqueza de su familia, así que darle una de las habitaciones más espaciosas y mejor iluminadas del hospital, a pesar de la frecuente escasez de camas y espacio libre, tal vez fuera también una muestra de deferencia hacia ellos.

Pero si creéis que todo esto disminuyó mi aprensión cuando di los primeros pasos por el pasillo, estáis muy pero que muy equivocados. Hasta ese momento, Joe solo había sido un rompecabezas intelectual distante con el que fantaseaba y teorizaba. Pero ahora yo era oficialmente su médico. Y, aunque tal vez fuese demasiado tarde para recuperar el sentido común, de pronto me sentí muy nervioso ante la idea de mi primer encuentro con un paciente cuya cifra de muertos se extendía no solo a otros pacientes, sino también a los profesionales formados para enfrentarse sin miedo a la locura. Las palabras de la doctora G., del doctor P. y, sobre todo, de Nessie no dejaban de resonar en mi cabeza. Cuando llegué a la puerta del cuarto de Joe, no me habría extrañado si, al introducir la llave y tirar del pomo, hubiera recibido una descarga eléctrica. Pero no ocurrió nada de eso.

Para ser un paciente tan temible, Joe no transmitía la menor sensación de peligro. No mediría más de un metro setenta y era tan delgado como es posible sin parecer desnutrido. Una mata de cabello rubio desgreñado que parecía llevar años sin peinar le enmarcaba el rostro.

Estaba sentado de espaldas a mí en una de las sillas baratas del hospital y, cuando se levantó y se dio la vuelta, esperé ver un rostro con una expresión de inesperado terror. Pero incluso en eso me decepcionó. Su cara era alargada, pálida y equina, con la barbilla frágil y caída, los pómulos prominentes y la dentadura ligeramente amarillenta. Sus ojos azul claro parecían desenfocados y casi tan ausentes como los de algunos de los pacientes catatónicos que yo había visto.

Nos quedamos mirándonos durante unos instantes antes de que yo rompiera el hielo.

—¿Joe? —lo interpelé con mi tono de voz más profesional—. Soy el doctor H. La doctora G. me ha elegido para que hagamos terapia juntos, si te parece bien.

Él no dijo nada. Ni siquiera reaccionó.

—Si es un mal momento, puedo volver…

—Eres joven.

Su voz era áspera y grave, y un poco ronca, como si apenas la usara. Habría resultado un poco desconcertante si no hubiera sido por la honda tristeza que se percibía en ella y que solo le daba un aire más patético.

Asentí y esbocé una pequeña sonrisa.

—Lo soy —dije con calma—. ¿Te molesta?

Se encogió de hombros.

—Los otros no eran tan jóvenes como tú. ¿Debería impresionarme?

Parpadeé.

—¿Impresionarte? ¿Por qué?

—Bueno, debes de haber cabreado mucho a alguien para que te manden aquí a tu edad.

Sin pensarlo, sonreí. Me había preparado para lo peor antes de entrar. Había esperado insultos, burlas, recitaciones de fantasías perturbadoras e incluso tentativas de ponerlas en práctica. Lo único que no me esperaba era que Joe soltara una broma, y mucho menos que fuera graciosa.

—Puede que tengas razón en eso, pero ¿por qué iba a impresionarte?

Se encogió de hombros.

—Me impresiona cualquiera que irrite a los funcionarios de este hospital. Para mí, eso te convierte en un alma gemela. Además, tienes que haber hecho algo muy chungo para que hayan decidido que yo sea tu paciente.

Su expresión se ensombreció.

—Eso, o la vejez la ha vuelto más malvada. O desesperada.

—¿A quién?

—Ya sabes a quién —respondió con una sonrisa amarga—. A ella. La que me tiene encerrado aquí. ¿Por qué no me corta el cuello ya que estamos? Apostaría a que lo ha hecho con muchos otros.

—Si te refieres a la doctora G., yo...

—¡Oh, doctor, doctor, doctor! —exclamó despacio. Luego, sin previo aviso, golpeó la pared y soltó un gruñido asqueado—. Pues bien, es una mierda de médica. Como no puede curar a un paciente, me encierra aquí dentro, sin dejarme hablar con nadie, durante décadas, y luego me envía una cara nueva como tú. Déjame adivinar. ¿Eres un médico muy brillante recién llegado al hospital y creen que tú, y solo tú, podrás curarme?

No debería haberme sorprendido que averiguara lo que yo creía que eran detalles de mi vida privada, pero lo había hecho. Mi sorpresa debió de reflejarse en mi rostro, porque se rio con desdén.

—Tampoco hace falta ser un mago para adivinarlo —dijo—. Esa zorra solo enviaría a alguien aquí por una razón: porque quiere despedirlo. ¿Sabes que probablemente yo ya estaba aquí cuando tú llevabas pañales y que desde entonces nadie ha tenido ni idea de qué hacer conmigo? Ella sabe que no soy «curable», ¿entiendes? No eres más que un cordero sacrificado que le dará algo de lo que informar a esos capullos inútiles de mis padres para que sigan enviando dinero. Y ella seguirá deshaciéndose de cualquier cara nueva que pueda hacerle quedar mal.

Me quedé impactado. No era así como había imaginado que se comportaría el paciente más temido del hospital. Era una persona amargada y frustrada, sí, pero su lucidez era extraordinaria, parecía incluso cuerdo. No se justificaban, en modo alguno, más de veinte años de confusión y terror, y mucho menos su permanencia bajo la tutela del hospital. Para colmo, sus comentarios me dejaron mal sabor de boca y me hicieron dudar de lo que me habían contado. ¿Era posible que todas las historias sobre él no fueran en el fondo sino una elaborada estratagema para que el hospital siguiera beneficiándose de una fuente de ingresos constante? Fruncí el ceño.

—Joe, ¿no piensas que tienes un problema?

—¿Cómo coño voy a saberlo? —respondió—. ¡Por lo que tengo entendido, son las personas que me rodean las que se vuelven locas! Ocurre con tanta frecuencia que a veces me pregunto si lo hacen adrede, solo para que yo acabe tan pirado como ellas, de tanto anticipar qué puta locura harán a continuación.

Sonaba demasiado sincero como para estar mintiendo y, a pesar de todo lo que yo sabía, empecé a sentir lástima por él. Sin embargo, algunas de las historias que había oído se me habían quedado grabadas en la cabeza hasta el extremo de hacerme desconfiar, por lo que no respondí enseguida. Era más conveniente dejarlo hablar.

—Venga, adelante, suéltalo de una vez —dijo con una risa amarga—. Seguro que, en los últimos minutos, he hecho algo que te trastornará sin darme cuenta.

Negué con la cabeza.

—No.

—¡Gloria puta aleluya! Pero puedo ver los engranajes girando en esa cabecita tuya joven e inteligente. Venga, suéltalo. ¿Qué es lo que te hace fruncir la frente de esa manera?

Me encogí de hombros.

—Sinceramente, no sé qué pensar, Joe. No pareces un monstruo, pero tu expediente revela cosas preocupantes.

—¿Ah, sí? —se burló—. Eso tiene que ser interesante. ¿Como por ejemplo?

—Bueno, no creo que una persona normal intente violar a un niño de seis años la primera noche que comparte habitación con él.

Joe resopló.

—¿Eso es lo que dice el expediente que pasó con Nathan?

Tuve que reprimir mi sorpresa. No era normal que alguien tan despiadadamente cruel como Joe era descrito recordase a sus víctimas por el nombre de pila después de tanto tiempo. Las víctimas podrían recordar los actos en sí, pero por norma estaban tan deshumanizadas en la mente del agresor que los nombres no formaban parte del conjunto.

—¿Qué pasó con Nathan, Joe? —pregunté—. ¿Por qué no me cuentas tu versión de la historia?

No respondió enseguida, pero se recostó en la cama, indignado. Tras unos instantes de silencio, me lanzó una mirada inquisitiva.

—Antes de que te lo cuente, tengo que hacerte una pregunta —dijo.

—¿Sí?

—¿Tienes un chicle? —Me dedicó una sonrisa desigual—. Nessie solía traerme. Mantiene mi cabeza un poco ocupada. Ayuda a aliviar el aburrimiento.

Por casualidad tenía un viejo paquete de chicles muy gastado en un bolsillo. Lo saqué y le di uno. Lo cogió, lo desenvolvió y se lo metió en la boca con evidente fruición. Luego volvió a mostrar una sonrisa torcida.

—Gracias, doctor. Pareces un buen tío.

Le sonreí a mi vez a pesar de mi confusión.

—Entonces... ¿Nathan?

—Sí, Nathan. —Joe masticó pensativo—. Bueno, sé que esto es lo que mucha gente acostumbra a decir, pero el caso es que... se me insinuó.

—Me cuesta creerlo, Joe. Tenía seis años. Tú tenías diez.

—Sí, sí, lo sé, es demasiado precoz —contestó enojado, apartando mi comentario con la mano como si fuera una mosca—, pero ¿crees que él lo sabía? Su padre se lo había estado follando desde que dio sus primeros pasos. Creo que él pensaba que eso era amor. En cualquier caso, me dijo que no podía dormir a menos que alguien «se la metiera» primero, y me pidió que lo hiciera. Bueno, yo era un niño y no sabía nada de nada. En un lugar como este no te dan precisamente la charla sobre las flores y los pajaritos, ¿sabes? Así que lo hice. Pero como yo no sabía lo que hacía y no tenía nada para que entrase mejor, se puso a gritar. Los celadores estaban al otro lado de la puerta, por lo que no me dio tiempo a soltarlo. ¿Y crees que iban a escucharme después de lo que creyeron ver? —Puso los ojos en blanco—. No debería quejarme, supongo, porque al menos no me moriré virgen. No es como si yo hubiera decidido perder mi virginidad, pero no se puede tener todo en esta vida.

Aunque iba en contra de mi buen juicio, tenía que admitir que la historia sonaba plausible. No obstante, había demasiadas cosas en aquel expediente como para contener únicamente malentendidos. Lo presioné un poco más.

—Aunque te crea, Joe, esa no es la única pega. Tus médicos siguen muriéndose o volviéndose locos.

—¿Y crees que eso es culpa mía? —preguntó. Se señaló el cuerpo con un gesto de exasperación—. ¿Te parezco amenazador, doctor?

—No —respondió—, pero si les estás haciendo luz de gas...

—¿Si estoy qué?

Cierto, puede que no estuviera tan familiarizado con la expresión. No era muy probable que alguien le hubiese puesto la película.

—Lo que quiero decir es que a lo mejor estás intentando volverlos locos a propósito.

Se burló.

—Patrañas. No se suicidaron porque yo estuviera

loco. Se suicidaron porque ellos, y todas las personas
que han trabajado en mi caso, sabían que yo estaba men-
talmente sano.

Abrí la boca como un tonto con un gesto involunta-
rio. Al verme, Joe se rio a carcajadas.

—Sí, lo sé, lo sé, suena ridículo, pero créeme, es la
verdad. Lo ha sido desde la segunda vez que los capullos
de mis padres me trajeron al hospital para librarse de mí
porque no podían conmigo y les dijeron a los médicos
que se inventaran algo para retenerme. Bien, como eran
unos cabrones codiciosos, se inventaron una serie de
mierdas, pero por lo menos al principio sabían que todo
era una farsa. Hasta que llegó ella.

Joe gruñó por lo bajo y escupió al suelo antes de seguir.

—¿Sabes qué iba a ser yo antes de que tu preciosa
doctora G. llegase aquí, doc? Iba a ser el caso basura. Ese
mamón presuntuoso del doctor A. hizo más o menos
oficial la política de que solo me asignarían a los médicos
de rango inferior, porque nadie quería hacer terapia con
un paciente cuerdo mantenido aquí solo a petición de
sus padres. Hay que achacarle a mi mala suerte que la
doctora G. fuera la primera en recibir esta misión. Porque déjame decirte que la doctora G. era demasiado ambiciosa para perder el tiempo conmigo. ¿Y qué decide
hacer entonces? Inventarse un cuento sobre lo aterrador
que es tratarme y dejar una nota de suicidio que dice eso
mismo, en un sitio donde sabía que los otros médicos

podían encontrarla. Lo siguiente es que te enteras de que está de baja por enfermedad y, cuando vuelve, se pone a trabajar en casos más serios, y yo paso de ser el paciente que no le importa a nadie al paciente con el que nadie se atreve a hablar. ¿Y qué hacen entonces? Empiezan a enviar a los médicos que quieren despedir para trabajar conmigo, porque eso les dará una excusa para deshacerse de esos pobres pringados. Y esos médicos sabían que, si no lograban curarme, esa zorra y su mentor, que es más frío que un témpano, se encargarían de acabar con sus carreras. Pero en cuanto hablaban conmigo, se daban cuenta de que era una misión imposible porque no había nada que curar. Los que más duraron fueron los que se hicieron a la idea de seguir cobrando un salario solo para fastidiar al hospital. Cuanto más tiempo conseguían vivir así, más tiempo aguantaban. Y yo tuve que ver cómo las únicas personas que se preocupaban mínimamente por mí perdían la cabeza en el proceso.

Yo seguía teniendo dudas, pero por alguna razón, cuanto más hablaba, más pena sentía por él. Si tuviese que adivinar qué era lo que más me enternecía de Joe, diría que su actitud. Me cuesta transmitirlo por escrito, pero, aunque técnicamente se estaba defendiendo, su voz seguía sonando hueca y resignada, como si supiera que, aunque yo lo creyera, no le serviría de mucho. Era como si Joe se justificara con el piloto automático puesto. Y como había tan poca esperanza en sus palabras, eso me hizo más proclive a creer que era sincero. En retrospectiva, tendría que haber comprendido que podía estar fácilmente ante la manipulación de un psicópata, pero teniendo en cuenta que me había pillado desprevenido y que yo era inexperto, sin duda fui más impresionable de lo debido.

Dicho esto, yo no era un completo ingenuo. Sabía que cualquier paciente que no esté totalmente alucinado o catatónico puede causar una buena primera impresión. Así que, durante los siguientes cuarenta y cinco minutos, intenté dirigir la conversación para ver si Joe daba muestras de algún trastorno psicológico latente grave, alguna señal que solo un profesional sabría detectar. Pero también aquí me encontré en un callejón sin salida. Joe no mostraba signos de ninguna enfermedad mental aparte de una leve depresión y agorafobia, ambas previsibles en un paciente que llevaba encerrado más de veinte años y tratando con médicos cuya cordura se deterioraba gradualmente.

Por supuesto, un psicópata muy hábil podría haberlo fingido todo, pero Joe no hizo nada que me hiciera pensar que era el caso. Por ejemplo, durante nuestra primera charla, recuerdo que un pájaro chocó contra su ventana y se quedó atolondrado. Un psicópata no habría reaccionado en absoluto, pero Joe se acercó a la ventana y lo observó preocupado, con la cara pegada al cristal, hasta que el pájaro se espabiló y se fue volando. Es difícil imaginar una señal de sana empatía más clara que esa.

El resultado de todo esto fue que cuando cerré la

puerta de la habitación de Joe después de ese primer encuentro, me sentí mal, aunque no por ninguna de las razones que había esperado. Lo cierto era que, a pesar de todas las historias horripilantes que contenía su expediente, no vi ningún indicio de que aquel hombre fuera otra cosa que un chivo expiatorio desesperadamente solo, abandonado por sus padres y transformado en el anómalo residente de un sanatorio escaso de fondos y personal. Dadas las circunstancias, en cualquier otra situación habría recomendado a mi superior que le dieran el alta, pero incluso si una parte de la historia de Joe era cierta, una decisión así habría sido terrible. Si Joe tenía razón, el hospital no iba a dejar escapar a una gallina de los huevos de oro como él, ni aunque estuviera en su sano juicio.

Por otra parte, solo había sido una sesión, y las acusaciones contra él eran numerosas. Decidí esperar a concluir un mes de sesiones antes de tomar cualquier decisión drástica. Tal vez lo había pillado en un buen día, sencillamente, y en breve se transformaría en el demonio canalizador de pesadillas descrito en su expediente. Además, aún no había escuchado las cintas de audio del expediente completo, ni había mirado las anotaciones sin censurar de los médicos que la doctora G. me había entregado.

No debería reconocerlo, pero me llevé su expediente a casa. Si la doctora G. lo guardaba bajo llave en un cajón de su consulta, habitualmente cerrado, no me sentía seguro dejándolo en la mía. Los cajones de mi maltrecha mesa institucional no cerraban con llave, y no sentía la necesidad de poner un cerrojo en el despacho porque en adelante todas las historias médicas de los pacientes se digitalizaban y yo nunca dejaba nada confidencial o valioso a la vista.

Cuando llegué a casa, no pude ponerme a leer de inmediato. Aquella noche fue especialmente dura para Jocelyn y para mí. Entre mi nuevo trabajo, que incluía mi obsesión con Joe, y la frustración de ella con su investigación, no habíamos pasado mucho tiempo juntos. Creo que esa fue la semana en la que se derrumbó y me dijo que su profesor había echado por tierra un año entero de su trabajo escrito. Se supone que los tutores deben apoyar a sus estudiantes de posgrado, pero este miembro del comité era un capullo intransigente y la criticaba sin cesar. Yo sospechaba que quería acostarse con Jocelyn o, como mínimo, que se sentía amenazado por ella. O tal vez este fuera el concepto que el hombre tenía de la normalidad, si tenemos en cuenta que muchos programas de aprendizaje tienen extrañas tradiciones de abuso por las que todo el mundo tiene que pasar, como una forma de «saldar tus cuentas». Tuvimos una pelea, pero duró poco. Me hizo contarle mi pesadilla de la víspera, que la había despertado, y yo le pedí que compartiera conmigo sus problemas con el profesor. Estábamos tan cansados que al final nos quedamos dormidos el uno en los brazos del otro y dejamos a un lado nuestros respectivos trabajos por una noche.

No me puse con el material de Joe hasta la noche siguiente, y decidí empezar por las cintas de audio. Pensé que la primera sesión con Joe —cuando, según parece, solo sufría de terrores nocturnos— podría darme algunas pistas que, por su aparente banalidad, otros médicos habrían pasado por alto.

La cinta de la primera sesión de Joe era vieja y estaba algo más que un poco combada, por lo que temí que no funcionase al introducirla en el reproductor de casetes. Sin embargo, tras unos desconcertantes chirridos y silbidos, las bobinas del casete empezaron a girar y el sonido metálico de la voz de un hombre con acento transatlántico salió de los altavoces.

Hola, Joe, soy el doctor A. Tus padres me han dicho que tienes problemas para dormir.

Hubo un breve intervalo en el que supuse que Joe asintió, porque el doctor A. siguió hablando.

¿Podrías decirme a qué se debe?

Otra breve pausa y, luego, una voz infantil.

J: La cosa de las paredes no me deja.
A: Ya veo. Lamento oír eso. ¿Podrías hablarme de esa cosa de las paredes?
J: Es asqueroso.

```
A: ¿Asqueroso? ¿Cómo?

J: Simplemente asqueroso. Y da miedo.

A: Lo que quiero decir es si puedes describir-
   lo.

J: Es grande y peludo. Tiene ojos de mosca y dos
   brazos de araña grandes y superfuertes con de-
   dos muy largos. Su cuerpo es un gusano.
```

Me estremecí involuntariamente. Incluso para un niño con imaginación, era una imagen mental muy fea. No obstante, Joe había sido diagnosticado de entomofobia aguda, así que esto parecía una expresión natural de ese miedo. No había motivos para pensar que era algo más que un niño miedoso como cualquier otro. El doctor A. había tenido la misma primera impresión.

```
A: Eso tiene pinta de dar miedo. ¿Y es muy gran-
   de?

J: ¡Grande! Más grande que el coche de papá.

A: Ya veo. ¿Y tus padres lo han visto alguna vez?

J: No. Se vuelve a meter en las paredes cuando
   vienen.

A: ¿Algo tan grande cabe en las paredes? ¿No se
   rompen?

J: Se derrite. Como el helado. Y luego parece que
   es parte de la pared.

A: Ya veo. ¿Y es lo que te ha hecho esas marcas en
   los brazos?
```

```
J: Sí. Intenté taparme la cara para no tener que
   verlo. Me apartó los brazos y me obligó a
   abrir los ojos con sus dedos.
A: ¿Por qué hizo eso?
J: Le gusta cuando me siento mal. Por eso no me
   deja dormir.
A: ¿Qué quieres decir?
J: Se come los malos pensamientos.
```

Uuuff. Si no hubiera estado encerrado en el hospital, este chico habría sido un buen escritor de terror.

Pero, para mi profunda frustración, también era de lo más corriente. Mientras seguí escuchando la cinta, esbocé una sonrisa pensando en lo valeroso que era aquel niño. También pude constatar que la información de la cinta coincidía en gran medida con las anotaciones de su ficha médica, y que no había nada en la sesión que dejara presagiar los horrores que aquel niño pequeño había cometido en el hospital después de su segundo internamiento. De hecho, si te basabas exclusivamente en la cinta, todo lo que siguió a esta sesión parecía imposible. Había algo que no cuadraba en la historia y eso me hizo sospechar con un desagradable escalofrío que lo que el Joe adulto me había contado sobre la trampa que le habían tendido quizás fuera cierto.

No obstante, esta era solo una parte de la información. Para intentar comprender en qué se había convertido Joe durante su cautiverio, tendría que escuchar la segunda cinta, la del celador que había pasado una noche en su cuarto.

Cuando miré la cinta por primera vez, percibí algo que me pareció extraño. En el casete había pegada una estrecha tira de lo que parecía cinta adhesiva muy vieja, donde se leía: «3.00-4.00 h». Me quedé perplejo. ¿Por qué iban a grabar solamente una hora? Fue entonces cuando caí en la cuenta: en el informe se mencionaba que la mayor parte de la grabación contenía silencio. Por lo tanto, esta era la única cinta que debía de contener algo de interés. Si no, ¿para qué conservarla? Preparándome para escuchar algo muy duro durante la siguiente hora, introduje la cinta y le di al botón de reproducción.

Como sospechaba, durante los primeros veinte minutos no había casi nada aparte de un espacio muerto, y más de una vez tuve que luchar para no distraerme. Al final empecé a contar los segundos en voz baja, mirando de vez en cuando mi reloj de pulsera como forma de obligarme a seguir atento a alguna novedad. Cuando la cinta llegó a los veinte minutos, pareció cobrar vida y se oyó algo.

Primero escuché la respiración que había visto mencionada en el expediente. El doctor A. no había exagerado: se trataba sin duda de alguien que estaba teniendo un ataque de ansiedad. La respiración duró unos treinta segundos, después se percibió el sonido de algo que se movía y luego…

Pisadas. Pisadas rápidas, como si alguien estuviera corriendo, seguidas del golpe de algo blando contra algo duro. A continuación, oí una respiración agitada, presumiblemente de la persona que acababa de correr, y luego una voz ronca que murmuraba obscenidades una y otra vez con un tono cada vez más aterrorizado. A continuación, se oyeron pasos que se arrastraban y, de pronto, en el minuto treinta, la grabación pareció cortarse por completo.

Desconcertado, rebobiné la cinta. No había duda de lo que había oído. Claramente, el celador se asustó demasiado como para quedarse toda la noche y salió de allí pitando; eso suponiendo que las notas fueran correctas. Puede que tan solo decidiera irse a casa y fingiera los sustos para mantener viva la leyenda de Joe. Sin embargo, para cerciorarme, pensé que tenía que escuchar otra vez los diez minutos de actividad y asegurarme de que no había oído mal. Esta vez, saqué unos auriculares, los conecté al reproductor y subí el volumen al máximo permitido para no lastimarme los tímpanos.

Oí los mismos ruidos de nuevo. La respiración acelerada y ansiosa. El sonido de un cuerpo en movimiento. Los pasos corriendo. Los insultos. La risa. El caminar arrastrado alejándose.

Un segundo. ¿La risa? Eso no estaba antes. Rebobiné la cinta y agucé el oído.

A un volumen más bajo, podía confundirse fácilmente con un ruido de fondo, pero con los auriculares a tanto volumen, era indudable. Mientras el celador profería insultos por el micrófono, me pareció oír, entre los huecos de sus imprecaciones, una risita grave y estruendosa de fondo, como grabada a gran distancia. Pero incluso a distancia, comprendí que el sonido debía de ser mucho más fuerte *in situ* para que el micrófono hubiera podido captarlo. Si no hubiera sido por la mala calidad de la grabación, que me hizo dudar de su exactitud, probablemente me habría asustado tanto que habría dejado el caso en ese mismo instante.

Era una risa que no se parecía a un sonido producido por una persona. Era demasiado ronca, demasiado baja y demasiado gutural, casi como si alguien hubiese atribuido la cadencia de una risa humana al estrépito de un glaciar que se desploma. Pero como sonaba muy distante y la grabación era muy antigua, lo más seguro era que se tratase de algún sonido de fondo, totalmente inofensivo, que se había distorsionado después de varios años de desuso. Extraje la cinta, convencido de que no podría sacarle nada más de provecho, y me dispuse a echar un vistazo a las anotaciones.

Sin embargo, no me molestaré en transcribirlas, y esta es la razón: si antes de leerlas creía que Joe se equivocaba al afirmar que le habían tocado los peores médicos del hospital, después me persuadí de lo contrario. Eran las anotaciones más inconexas, inútiles y francamente incoherentes que había leído en mi vida. Saltaban de un diagnóstico a otro, de una medicación a otra, aparentemente en constante cambio, hasta que empecé a preguntarme si Joe no habría perdido la cabeza poco a poco a causa de los numerosos efectos secundarios. Algunas notas hacían referencia a que lo habían atado, o incluso amordazado, durante las sesiones de terapia de conversación, lo que me parecía absolutamente contraproducente. A ver, ¿de qué sirve la terapia de conversación si el paciente no puede hablar? Huelga decir que, al final, estaba casi seguro de que estas personas solo estaban descargando en un paciente indefenso las frustraciones de su propia ineptitud médica, y me estremecí al pensar en la cantidad de demandas por negligencia médica que podrían haberse presentado sobre la base de lo que acababa de leer.

Las únicas anotaciones que pude empezar a seguir eran las escritas por la doctora G., y aunque mostraban a una médica muy competente en su trabajo, a la postre confirmaban prácticamente la hipótesis de Joe. Las notas de la doctora G. eran muy despectivas al principio, y prácticamente se podía oír el resentimiento en cada frase que escribía sobre él. Estaba claro que consideraba al paciente muy por debajo de su nivel de competencia y deseaba con desesperación que le reasignaran otro caso. Sin embargo, a medida que avanzaban las notas, el resentimiento parecía disiparse en el tono empleado, dando paso a una extrema sensación de triunfo. Al mismo tiempo, se iban abreviando, como si cada vez estuviera más segura de que las notas ya no eran necesarias porque el caso estaba a punto de resolverse. Veamos un buen ejemplo:

Joe responde bien al tratamiento final. Volveremos a
comentarlo dentro de una semana; eso si el proceso tar-
da tanto en surtir efecto.

Bien, fuera cual fuera el «tratamiento final» al que se
refería, definitivamente había dado algún tipo de resultado. Veréis, justo una semana después, a ese breve y casi
frívolo aparte le siguió un último memorándum, radical-
mente distinto del primero. Procedo a transcribirlo:

*A partir de mañana, dimito de mi cargo en el Sanato-
rio Estatal de Connecticut. He fallado a mis pacientes, a
mis colegas y a mí misma. Nada podrá compensarlo jamás. Por favor, no os molestéis en enviarme la última
paga, porque no la merezco y espero no necesitarla. Gracias por la oportunidad de trabajar con todos vosotros, y
lamento haberos defraudado tan profundamente. Lo lamento. Lo lamento muchísimo.*

Rose

No hace falta decir que esto parecía sospechoso. Es
cierto que la doctora G. podía haber elegido un tratamiento final desastrosamente erróneo, pero en vista de
lo que yo había leído y oído, me parecía más probable
que quisiera darle ese último tratamiento a Joe porque
pensaba fingir un intento de suicidio. De lo contrario,
¿por qué sus notas se prodigaban tan poco en detalles
sobre un tratamiento en apariencia tan exitoso? Desde

mi punto de vista, esto era casi el último clavo en el ataúd de la teoría del «paciente misterioso al que nadie puede curar». Aunque yo seguía decidido a concederme un mes de observación con Joe, empezaba a preguntarme qué sería necesario para demostrarle a alguna autoridad superior del mundo de la medicina hasta qué extremo la poco ética e insensible doctora G. había maltratado a aquel hombre. Si, al oír la risa fantasma en la cinta, había creído que se me había pasado algo por alto, ahora me preguntaba si la cinta no habría sido alterada de algún modo, porque la doctora G. era quien la había conservado. En cualquier caso, desde mi punto de vista, era Joe quien vivía una pesadilla, no sus enfermeros ni sus médicos.

No es de extrañar que el doctor P. me gruñera cuando le sugerí aceptar a Joe como paciente. De hecho, no era de extrañar que el doctor P. siguiera conservando su posición de médico, y mucho menos de supervisor. No lo habían puesto a cargo del servicio para curar a nadie, sino para hacer las veces de carcelero de la única fuente de ingresos fidedigna del hospital. El doctor P. demostraba su falta de empatía cada vez que se saltaba una reunión o me decía «medícalos hasta que se duerman». Por supuesto, le irritaba que alguien como yo se hubiera presentado en su servicio con ganas de ayudar a los pacientes. Estas ganas suponían una amenaza para los medios que le permitían mantener su puesto de trabajo. Los médicos menos cualificados que *necesitaban* un trabajo en su planta y no estaban allí por elección propia podían acobardarse por miedo a quedarse en la calle, pero mi pedigrí me ponía fuera de su alcance, lo que debía de sacar de quicio a aquel abusón crecido, incluso más que si otro médico con cualificaciones similares lo adelantara en la carrera por el puesto de director médico. Y yo que pensaba que había querido ayudarme al alejarme de Joe. Pamplinas. El viejo cabrón solo había intentado salvar su propio pellejo.

Por si fuera poco, todo el asunto arrojó una luz completamente nueva sobre el suicidio de Nessie: la amable mujer debía de estar al corriente de lo que pasaba. ¿Cómo no iba a saberlo, si había sido la enfermera de Joe desde su niñez? Probablemente era lo más parecido a un hijo que había tenido y, sin embargo, allí estaba, forzada a torturarlo con medicación, cautiverio y luz de gas durante más de tres décadas. No era de extrañar, pues, que no quisiera que nadie más trabajara con él; seguramente creía que ella era la única persona capaz de tratarlo con amabilidad. Es posible que la doctora G. —y el doctor P.— la dejaran tranquila por creer que le resultaría muy duro separarse del Sanatorio que había sido su hogar durante tantos años. Pero, por lo visto, no pudo soportarlo y se suicidó por un sentimiento de culpa. Eso explicaría que intentase avisar a todo el mundo, incluso a las personas en quienes confiaba, para que se alejaran de Joe, para que no tuvieran que sufrir la misma culpabilidad que ella.

Y todo porque una mujer cruel había sido demasiado arrogante y ambiciosa como para soportar que su primer caso fuera un fiasco.

No obstante, me sentí aliviado en cierto modo. Era una historia de terror, pero al menos parecía tener un monstruo humano. Y si la doctora G. era el monstruo que yo sospechaba, juré que para cuando aquello terminase le clavaría una estaca en el corazón.

27 de marzo de 2008

Muy bien, si todos habéis leído hasta aquí, no necesitáis que os trate con guantes de seda y os resuma en qué punto estamos. Sabéis que lo dejamos en mi primera sesión con un paciente supuestamente incurable para terminar descubriendo que, en realidad, podría estar cuerdo. Vamos a avanzar, y rápido.

Volver al hospital al día siguiente fue, como cabía esperar, una experiencia bastante tensa. Ahora que empezaba a sospechar que tendría que desafiar abiertamente a la mismísima directora médica en mi primer empleo de verdad después de tantos años de formación, mucho de lo que antes había sido rutinario me pareció repentinamente siniestro. Estudié el comportamiento de los distintos terapeutas en nuestra reunión matutina de atención al paciente. Reconsideré cada nueva receta que pensaba prescribir, preguntándome si yo podría ser el chivo expiatorio de posibles reacciones negativas. Observé a las enfermeras que realizaban sus tareas por turnos.

Cuando empecé a buscar patrones, se volvió atrozmente obvio que dos celadores sanitarios, los forzudos del hospital, me seguían. Uno de ellos, Marvin, era un mastodonte calvo y de tez pálida de al menos un metro ochenta de altura, cuyo uniforme se extendía sobre su ancho pecho y sus brazos cubiertos de tatuajes. El otro, Hank, era un coloso negro con rastas que medía casi lo mismo que Marvin y parecía capaz de levantar el doble de su peso sin derramar una gota de sudor. Habrían llamado la atención incluso de una persona poco observadora, pero, en mi caso, su presencia acechante apestaba a malevolencia. No es que su vigilancia diera el cante. No, tenían el ingenio suficiente para aparentar que trabajaban cada vez que los espiaba, ya fuera revisando la historia médica de un paciente, ya llevando montañas de suministros a los armarios. Al principio, solo era inquietante, pero en los días que siguieron me sentí profundamente intranquilo. La doctora G. se había mostrado favorable a que yo fuera el médico de Joe, así que ponerme vigilancia me pareció contradictorio y me hizo desconfiar de ella.

Pero volvamos al tratamiento para Joe. La terapia psicodinámica, o psicoterapia, como solemos llamarla, por lo general implica una o dos visitas a la semana. En este punto, estaba ansioso por adelantar con él y cubrir la máxima historia médica posible en el menor espacio de tiempo. Con una carga de trabajo mayor de la habitual, tenía muchas cosas de las que ocuparme, pero como salía de mi residencia (y todo el mundo sabe que los médicos viven privados de sueño y asumen una sobrecarga de trabajo durante los primeros años de carrera), estaba en condiciones de afrontarla. Todo esto para decir que volví a su cuarto para otra sesión al día siguiente de escuchar las cintas.

Lo encontré tumbado en la cama, jugando una partida al solitario. He de reconocer que al verlo sentí alivio. Si estaba tan cuerdo como afirmaba, no proporcionarle alguna clase de entretenimiento habría sido cruel incluso para el médico más falto de ética.

Me miró con la misma sonrisa torcida de la víspera.

—Hola, doc —me saludó—. Me alegro de volver a verte. Supongo que no te asusté la primera vez, después de todo.

Le dediqué una sonrisa educada.

—Hola, Joe.

Se sentó en la cama con las piernas cruzadas y señaló una silla plegable que había en un rincón.

—Bueno, no te quedes ahí de pie. Siéntate.

Acerqué la silla al centro de la habitación y me acomodé enfrente de Joe.

—Anoche leí tu expediente completo.

—¿Ah sí? —Levantó las cejas—. ¿Y? ¿Cómo de loco y peligroso dicen que soy?

—Creo que ya sabes la respuesta a eso, Joe.

Su semblante se oscureció.

—Sí, la sé. La cuestión es, ¿tú te lo crees?

—Yo no sé qué creer. Puedo decir que los médicos que has tenido no eran precisamente ejemplos de eficacia profesional, pero hay muchas cosas que no cuadran.

—¿Ah sí? Bien, tengo todo el día, doc —dijo tranquilamente. Luego se agachó y cambió algunas cartas de una pila a la otra—. ¿Por qué no me preguntas lo que quieras?

—De acuerdo —respondí—. Digamos que estás diciendo la verdad. Digamos que te tienen aquí solo para que el hospital pueda seguir cobrando dinero de tus padres. ¿Crees que a tus padres les daría igual saber la verdad?

Joe resopló.

—Pues claro que les daría igual. Mis padres son muy ricos y solo querían saber de mí cuando me portaba como el niño perfecto que les hacía quedar bien. En cuanto comprendieron que yo no era como ellos, seguramente pensaron que lo mejor era encerrarme aquí solo para evitar los rumores de los vecinos.

—¿Por qué estás tan seguro? —pregunté—. ¿No es posible que no sepan que te mantienen aquí como una fuente de ingresos regular para el hospital? ¿Que crean que necesitas ayuda de verdad?

Joe se rio con dureza.

—No seas idiota. Les daría igual de todas formas.

—¿Por qué dices eso?

Joe, que se dedicaba a cambiar otra vez las cartas de una pila a la otra, dejó lo que estaba haciendo y me miró fijamente. Su voz era tranquila, pero cada sílaba estaba cargada de dolor.

—Si a mis padres les importase una mierda, ¿por qué no han venido nunca a verme?

Mantuve un semblante inexpresivo para no contrariarlo ni parecer que mordía el anzuelo.

—A todo el mundo le dicen que hay que mantenerse lejos de ti, Joe, incluso a los médicos. No es descabellado imaginar que tus padres crean lo mismo que nos dicen a nosotros.

—Nadie les está pidiendo que se presenten aquí tan campantes con un jersey de punto hecho a mano cada año por Navidad. Pero ¿quién ha dicho que no podían venir a mirar por la ventana de mi puerta por lo menos una vez en casi treinta putos años? ¿O para ver quién me está tratando? Ninguno de los médicos que he tenido en este infierno ha mencionado jamás que mis padres hayan preguntado por mí. He preguntado directamente a las pocas personas que entran en esta habitación, celadores y demás, y todos me han dicho que nunca viene nadie de fuera a interesarse por mí. Reconócelo, doc, me dejaron aquí para que me pudriera. No les importa dónde esté, mientras no sea con ellos.

No debí de parecerle lo bastante convencido, o había tocado un punto sensible, porque su frustración cobró ímpetu.

—Déjame que te cuente una historia, doc, y verás lo sinvergüenzas y desalmados que son mis padres. Cuando tenía cinco años, justo un año antes de que decidieran deshacerse de mí, encontré una gata callejera en el bosque de la finca familiar. Pero no era una gata callejera cualquiera. Era simpática y dócil, y me dejaba acariciarla e incluso cogerla en brazos. La llamé Flor de Fibra, o solo Fibra como diminutivo, porque mi padre había hecho fortuna en la industria textil y solía oírle decir la expresión «fibra de madera». Y como la gata era bonita, ponerle nombre de flor me pareció apropiado. Yo era un niño, ¿sabes?, por eso mezclar palabras me parecía de lo más normal. Bien, con el tiempo, dejó de esconderse en el bosque y empezó a venir a la finca familiar a visitarme. Yo le dejaba las sobras de los alimentos que no comía e hicimos migas. Hasta que mis padres se enteraron. —Cerró el puño—. Mi padre era alérgico a los gatos. Y cuando se dio cuenta de que yo había estado colando uno en la finca, se puso furioso. Intenté decirle que me portaría bien y que no dejaría que lo molestase, que era una gata muy simpática y mi amiga, pero a mi padre le dio lo mismo. Salió muy enfadado de casa, en busca de Fibra. Como la gata estaba acostumbrada a que la gente fuera cariñosa con ella, no salió huyendo. Ojalá lo hubiera hecho. Porque cuando la alcanzó, la levantó del suelo y le pegó un puntapié que la mandó al puto bosque. Luego me dijo que, si volvía a acercarme a ella, yo correría la misma suerte. Después la tomó conmigo y me encerró en mi cuarto. Nunca volví a verla. —Guardó silencio, con los ojos fijos en las cartas. Luego levantó la cabeza y me miró—. Ah, y probablemente te estés preguntando dónde estaba mi madre cuando yo gritaba y lloraba en el jardín mientras él me azotaba la espalda desnuda.

Guardó silencio. Cualquiera que fuera su vacilación, parecía incómodo con lo que estaba a punto de compartir.

—Mi madre le decía a mi padre que parara porque, cito literalmente, «los vecinos pueden oírnos». Mi padre se volvió hacia ella: «¿Qué dirán los vecinos? Joseph ha metido un gato en nuestra propiedad, Martha. Un puto gato. Ya sabes cómo me ponen. ¿Quieres que me muera, Martha? ¿Prefieres que me muera antes que los putos vecinos hablen?». Entonces le pegó tan fuerte en la cara que la tiró al suelo. Mi madre jamás volvió a enfrentarse a él después de aquello. Y aunque la paliza que me llevé fue mala, verla con el ojo hinchado y morado durante una semana entera o más fue peor. Cada vez que pienso por qué estoy aquí, me acuerdo de mi madre yendo de aquí para allá con el ojo morado. Creo que me culpaba a mí y, sinceramente, yo también me culpo en parte por haber sido tan estúpido. Todavía sueño que me mira a través del ojo morado, y a veces, al despertarme, pienso que mi presencia aquí es un castigo por haber hecho que pasara por aquello. Lo sé, es absurdo pensarlo, pero eres un chiquillo desesperado porque te quieran y crees que cualquier cosa es culpa tuya con tal de que tus padres vuelvan a quererte. Lástima que eso sea imposible para mí.

Aquel relato me revolvió el estómago. Sin desviar la mirada, le dije:

—Te creo.

Entonces la expresión de Joe cambió asombrosamente y me miró con una sonrisa que irradiaba alivio.

3 de abril de 2008

No os lo toméis a mal, pero nunca había visto tantos comentarios que me llamaran estúpido y me pidieran más información en el mismo sitio. Señales confusas, ¿eh? No, lo entiendo. Esta historia es cinematográfica a más no poder, y supongo que vuestros comentarios sobre mi juicio solo reflejan lo mucho que habéis entrado en la historia. ¡Suena a público de película de terror que le grita a la niñera que no baje al sótano! Bueno, lástima, a lo hecho, pecho. Voy a contar lo que pasó después.

La compasión que sentí hacia Joe tras escuchar su desgarradora historia permaneció conmigo mucho tiempo después de salir de su habitación aquel fatídico segundo día de nuestras conversaciones. De hecho, afectó permanentemente a mi forma de relacionarme con el trabajo. Si antes había visto mi decisión de trabajar en

el Sanatorio Estatal de Connecticut como un mero intento abstracto de salvar a pacientes considerados «descarta-
bles», como había sido el caso de mi madre, en adelante
mi decisión de quedarme se volvió algo profundamente
personal. Joe me necesitaba, ya fuera para demostrar que
estaba cuerdo —como ahora yo tenía casi la certeza—,
ya para erradicar cualquier rastro de locura latente que
se hubiera alojado en el cerebro de aquel paria solitario y
maltratado. Sí, incluso el médico más bondadoso tiene el
deber de tratar las palabras de los enfermos mentales con
cierto grado de escepticismo, pero la pura claridad y ho-
nestidad emocional de la descripción que Joe había hecho del incidente con Flor de Fibra, la gata, sugería que o
se trataba de un delirio extremadamente bien construido
—lo que no excluía que tuviera alguna tenue conexión
con la realidad— o de un recuerdo genuino. En cualquier caso, lo interpreté como una señal que podría ayudarme a sondear las profundidades de la mente de Joe.

Además, la historia me proporcionó una estrategia
para el mes que pasaría evaluándolo y determinando si
creía o no su relato. Incluso si no lograba tratarle los fan-
tásticos trastornos que se le atribuían en el expediente,
Joe presentaba otros problemas que sí me veía capaz de
abordar. Por ejemplo, era evidente que sufría depresión,
y con motivo, y el maltrato de sus padres, por no hablar
de cualquier otra cosa que hubiera sucedido, había mer-
mado claramente su confianza en cualquier persona.

Como era obvio, esto me obligaba a volver a revisar

su expediente, aunque con una mirada más escéptica. Aunque a estas alturas la mayor parte del relato oficial me parecía una invención, reparé en un par de detalles que la persona que había escrito los informes no se había molestado en disimular. Acaso el más importante era que a Joe lo habían internado sus tutores legales. Eso implicaba que, en teoría, como ya pasaba sobradamente de los dieciocho años, podía irse cuando quisiera. Decidí abordar este asunto en nuestra siguiente sesión.

Craso error.

—¿Por qué no te vas sin más? —le pregunté mientras jugábamos a las cartas en su habitación durante nuestra segunda semana de sesiones—. Si es verdad que a tus padres les da igual dónde estés, ¿por qué no te marchas? Tu internamiento se considera voluntario y, legalmente, ya eres adulto. Puedes irte en contra del consejo médico.

—Pero ¿tú has leído mi expediente? —preguntó a media voz. La temperatura de la habitación se tornó súbitamente glacial.

—Sí, entero. ¿Por qué...?

—Entonces ¿por qué me haces una pregunta cuya respuesta conoces?

—Yo... Yo no... —respondí despacio—. Joe, si hay algo que te retiene aquí, yo no sé nada al respecto.

Suspiró hondo.

—He intentado marcharme de este hospital desde que cumplí los dieciocho. Pero ¿quién iba a dejarme salir después de ver lo que pone en mi expediente? Antes enviaban a un médico nuevo cada dos años para poder mantener la artimaña y, cuando los médicos se asustaban demasiado, empezaban a inventarse mierdas. ¡Joder! Un chicle, por favor.

Me había acostumbrado a llevar chicle encima, porque sabía que Joe querría un poco cuando nos viéramos. Saqué una barra y observé cómo lo mascaba furiosamente. Cuando pareció un poco más apaciguado, continuó:

—Llegué a pensar que, en la época en la que Nessie venía a darme la medicación todas las noches, un día conseguiría salir de aquí.

Lo miré perplejo. Luego pregunté con la boca seca:

—¿Nessie? ¿Qué tenía que ver Nessie?

Me miró con unos ojos llenos de compasión. Luego dijo apenado:

—Así que conocías a Nessie. Bueno, entonces dime algo, doc. ¿Tú ves a Nessie haciendo el papel de carcelera?

No tuve que pensarlo mucho. Negué con la cabeza. Joe esbozó una sonrisa pesarosa y respondió:

—Pues eso es lo que digo. Para nada. Ella sabía lo que estaban pasando, y eso la mataba por dentro. Al mismo tiempo, yo sabía que no podían despedirla, y además ella tampoco quería irse. Ella le tenía tanto apego a este lugar que esa es la razón por la que no conseguí que aceptara destapar el pastel. Es decir, hasta la última noche que nos vimos. Ya sabes, la noche en que «se suicidó».

—No estarás insinuando que…

—¿Que la mataron por esa razón? No, no lo hago —respondió—. Porque no podría probarlo, aunque lo estuviera insinuando. De todos modos, si yo albergaba alguna esperanza de salir de aquí, murió poco antes de que tú llegaras.

La parte psiquiatra de mi cerebro me gritaba que aquello debía de ser producto del aislamiento de Joe, que bien podría haberlo vuelto paranoico, incluso delirante, ante la perspectiva de fuga. Si se hubiera tratado de cualquier otro paciente, eso es exactamente lo que me habría dicho a mí mismo, y no me habría quitado el sueño. Pero el caso de Joe era tan extraño de por sí que esta explicación me parecía casi risiblemente insuficiente. Joe parecía tan lúcido en todo lo demás que resultaba muy difícil imaginar que bajo su fachada se escondiera un delirio de estas características. Además, si se trataba de un delirio, ¿cómo explicar la muerte de Nessie? Yo la había visto poco antes de morir. Parecía cansada e insegura de sí misma, sí, pero de ahí a cualquier ideación suicida había un trecho. Y, de todos modos, si existía la remota posibilidad de que Joe no estuviera paranoico, eso superaría con creces el ámbito de la negligencia médica y entraría en una seria conspiración criminal. Me asustaba lo que pudiera pasar si yo intentaba interferir, pero estaba aún más decidido a no ser cómplice de todo ello. Después del tiempo que había pasado tratando a Joe, su bienestar me preocupaba tanto como el de cualquier otro paciente, si no más.

Sin embargo, pensar que podría hacer algo sin infringir la ley me parecía, fuera de toda duda, un caso perdido. Si acudía a las autoridades —a la policía o la junta médica—, lo más probable es que me internaran a mí también por denunciar que un pasado de treinta años de enfermedad mental era producto de una conspiración tan elaborada, y todo ello por la palabra de un enfermo mental con una lista aterradora de pacientes y personal heridos, suicidas o muertos a sus espaldas. Si dimitía en señal de protesta, lo único que conseguiría sería dejar a Joe a merced de alguien con menos escrúpulos que yo. Y sabía con absoluta certeza que, bajo ninguna circunstancia, me convertiría en partícipe activo de un trato tan despreciablemente inhumano a un paciente. Me había dedicado a la medicina para poner fin a esta clase de cosas. Por supuesto, podía seguir tratando a Joe como a un paciente normal, intentar ser tan amable con él como sospechaba que lo había sido Nessie y, en general, hacer todo cuanto estuviera en mi mano para que su cautiverio fuera lo más agradable posible. Pero incluso ese tipo de participación pasiva me horrorizaba. ¿Cuánta gente había racionalizado la complicidad en el trato cruel de otros pacientes «problemáticos», pacientes como mi madre, gracias al señuelo de un sueldo a final de mes y la reticencia a agitar las aguas?

Toda la situación parecía errónea, y mis opciones iban de mal en peor.

Solo había una salida. Tendría que encontrar la manera de liberar a Joe en secreto. Si el intento fracasaba, me dije, en el peor de los casos solo me quedaba esperar que me despidieran. Desde luego, si presentaban cargos, podían prohibirme volver a ejercer la medicina. Pero si la doctora G. era tan vengativa como para hacer algo así, al menos yo habría intentado desenmascararlo todo antes de dejar que ella se saliera con la suya, puesto que no tendría nada más que perder. Y sí, teniendo en cuenta lo que le había sucedido a Nessie, imagino lo que estáis pensando: la posibilidad de que pudieran hacerme algo peor. Pero seguro que se me ocurriría una manera de protegerme, ¿a que sí?

¿Y si conseguía liberarlo? Pues bien, habría dejado libre en sociedad a un paciente algo paranoico, pero estable en lo esencial, y yo podría seguir trabajando en el hospital con la conciencia tranquila, sabiendo que la conspiración habría terminado.

Antes de hacer nada, lo consulté con Jocelyn. Si algo salía mal, el resultado afectaría a mi vida entera, lo que significaba que repercutiría en la suya. Jocelyn me preguntó hasta qué punto estaba seguro de que Joe no era un peligro. Luego me preguntó si tenía confianza en mí mismo. La pregunta me desconcertó y no supe qué responder. Así que me dijo:

—Si no confías en ti mismo, ¿cómo esperas que confíen en ti tus pacientes, tus colegas o incluso yo?

Eso era. Apenas un mes después de tener acceso al paciente que, estaba seguro, le daría un empujoncito a mi carrera cuando yo descubriera su enfermedad todavía por diagnosticar, ahí me teníais, a punto de echar mi carrera a perder.

No iba a ser fácil sacar a un paciente de un psiquiátrico, y mucho menos del Sanatorio Estatal de Connecticut. Sus instalaciones tenían cámaras de seguridad por todas partes, y el personal vigilaba de cerca quién tenía la llave de las habitaciones o de las salas cerradas. Si quería llevar a cabo mi plan e intentar protegerme, tendría que hacer que pareciera un accidente.

El plan solo tendría alguna posibilidad de salir bien cuando el hospital funcionase con un equipo reducido, así que opté por trabajar hasta tarde durante las semanas previas a la fuga. De esta forma, tendría una idea de quién se quedaba en el hospital fuera de las horas de trabajo y, lo que era más importante, nadie pensaría nada raro si me veían por allí a esas horas. Como había aceptado asumir trabajo extra tras la muerte de Nessie, era natural que pasara más tiempo en el hospital.

En cuanto al plan en sí, consistía en dejar mi bata de laboratorio (y las llaves) en la habitación de Joe, por un descuido supuestamente, y luego activar una alarma de incendios también sin querer, lo que provocaría la evacuación de gran parte de la plantilla del hospital y despejaría el terreno para la fuga. También me aseguré de que Joe supiera cómo salir y dejé un plano del hospital, en el que señalé todas las salidas de incendios menos utilizadas, dentro de un paquete de chicles que le di más tarde.

En retrospectiva, era un plan con muchas posibilidades de irse al traste, y el propio Joe me lo reprochó cuando se lo conté.

—Doc, estás más loco que yo —dijo con su característica sonrisa torcida—. Si ese plan funciona, yo soy Mickey Mouse.

—Funcionará —lo reconforté—. El personal es perezoso, tú no tienes antecedentes de intento de fuga, y nadie esperará que te ayuden a huir. No después de lo que pasó con Nessie.

Joe meneó la cabeza con un gesto fatalista, pero el brillo que percibí en sus ojos me decía que quizás le estuviese dando el primer atisbo de esperanza desde su internamiento.

—Bueno, no empezaré a planear ningún viaje, por si acaso —añadió irónicamente—, pero si me pillan y me vuelven a meter aquí dentro, no les diré que fue idea tuya. Ah, ¿y doc? Que Dios te bendiga por intentarlo. Si esto sale bien, no olvidaré que te debo una vida de libertad.

No hizo falta añadir nada más. Lo único que quedaba por hacer era poner el plan en práctica. Tres semanas después, allí estaba yo, con ligeras náuseas debido a la ansiedad y las palmas de las manos sudorosas, recorriendo el pasillo hacia la habitación de Joe. Los débiles murmullos y balbuceos de los pacientes que yo sabía locos eran como un espejo demente de mis propios pensamientos dispersos.

Si me pillaban, o si pillaban a Joe, ¿pagaría yo solo el pato? ¿O querrían dar un escarmiento a todas las personas que conocían el secreto de Joe o indagaban demasiado en su historia médica?

Quizás la muerte de Nessie no había sido lo suficientemente clara.

Quizás necesitaban transmitir un mensaje a todos los que pudiesen tener reservas.

Había conocido a la doctora G. después de todo y no me parecía el tipo de persona que dejaría cabos sueltos.

Yo no tenía por qué seguir adelante, ¿cierto?

Podía dar media vuelta y marcharme.

Debía dar media vuelta y marcharme ahora que todavía estaba a tiempo. Iba a casarme. Tenía toda una vida por delante. El problema de Joe no era asunto mío.

Pero no, sabía que tenía que hacerlo. Era lo correcto, y no iba a volverme cómplice de algo que equivalía a secuestro y asesinato solo por temer demasiado por mi propio pellejo. Además, había muy poco personal de servicio y, cuando sonara finalmente la alarma de incendios, casi no habría nadie cerca para impedir la fuga de Joe. Mi plan era prácticamente infalible. Saldría bien.

Cuando llegué a la puerta de su habitación, percibí unos pasos pesados y, al volverme, vi a Hank, el celador, que venía lentamente por el pasillo con un montón de sábanas.

Mierda. ¿Y si sospechaba lo que estaba tramando?

No, era imposible. Era imposible que nadie lo supiera. Solo tenía que quedarme en la habitación de Joe hasta que Hank se alejara del pasillo. Tal vez pudiera oír sus pasos a través de la puerta. El plan saldría bien. A pedir de boca.

Me concentré en mantener la respiración controlada. Mostrarme ansioso no me ayudaría. Giré la llave de la habitación, entré, cerré la puerta con cuidado y me volví hacia Joe. Estaba de espaldas a mí, mirando por la ventana. Apenas le presté atención mientras me quitaba frenéticamente la bata de laboratorio y la dejaba encima de la cama. Luego me senté e intenté oír los pasos de Hank.

—¿Doc?

Al volverme, vi que Joe me estaba observando. Tenía una mirada ávida y anhelante, como la de un hombre hambriento que sabe que está a punto de darse un festín y no puede esperar.

Levanté las cejas.

—¿Sí, Joe?

—Gracias —dijo con un ronco susurro—. Esto es exactamente lo que necesito.

La formulación de la frase era un poco extraña, pero no le di más vueltas. Le sonreí.

—De nada.

Después abrí la puerta y salí al pasillo. Estaba a punto de volverme para cerrarla cuando, súbitamente, unas manos grandes como guantes de béisbol me rodearon los hombros.

—¿No te olvidas de algo, Parker? —retumbó la voz grave de Hank junto a la puerta. Me quedé paralizado, pero mi mente iba a mil por hora. El celador se rio en mi oreja—: Para ser un chico tan listo, la cagas enormemente.

A continuación, detrás de mí, el doctor P. dijo con su voz áspera:

—Buenas noches, chico prodigio.

Oh, no me jodas.

—¡Vaya! Debe de ser la primera vez que te quedas sin palabras. —El doctor P. rodeó a Hank, que estaba exultante, con la cara abierta en una sonrisa macabra. Se inclinó hacia mí, lo suficiente para que pudiera oler el whisky en su aliento.

—Ahora voy a mandar a alguien para que vaya a buscar tu bata de laboratorio a la habitación, pero nosotros dos vamos a ir a hablar con la doctora G., y le vas a contar todo lo que planeabas hacer esta noche con tu nuevo paciente.

Al oír estas palabras, empecé a forcejear para librarme de la garra de Hank, pero era como pelearse contra barras de hierro.

—¡Suéltame! —dije sin levantar la voz—. No sé lo que te han dicho, pero no lo entiendes, Hank. ¡Tienen a un hombre cuerdo encerrado aquí dentro! ¡Y aporta tanto dinero al hospital que a nadie le importa si está sano! Es posible que ella haya matado a Nessie para mantenerlo en secreto, Hank. Déjame que vaya a hablar con él y verás. Te juro que lo verás.

El doctor P. se rio burlonamente. Hank no lo imitó, pero tampoco relajó la presión en mi brazo.

—Sí, ella nos previno de que dirías algo así. Lo siento, chico. Va a ser que no.

El aplastante peso de mi fracaso me golpeó de súbito, además de que ya estaba nervioso por la ansiedad que me producía hacer algo que sabía ilícito. Intentaba reprimir un gemido de frustración cuando oí algo que me asustó.

En el interior de la habitación de Joe, alguien se estaba riendo. Pero no era Joe; no podía ser él. No sonaba humano. Por el contrario, lo que salía de aquella habitación era una risa sepulcral, húmeda y entrecortada que parecía emerger de una garganta en putrefacción. Era una voz que ya había oído antes, la misma risa que había manado del fétido charco de sangre y orina de mi sueño, arrastrando a mi madre a sus profundidades.

Un escalofrío me recorrió el cuerpo, pero ni Hank ni el doctor P. reaccionaron. No estaba claro si lo habían oído, y no tuve la presencia de ánimo para preguntarles. Lo único que pude hacer fue mirar fijamente la puerta de Joe mientras Hank me alejaba a rastras, mientras aquel sonido ronco de pesadilla retumbaba en el corredor y en mi cabeza.

10 de abril de 2008

En este punto de la historia es cuando las cosas empiezan a ponerse verdaderamente difíciles y, para ser sincero, sería mucho más fácil dejarlo aquí. Sin embargo, en cierto sentido, escribir sobre ello es como succionar veneno de mi organismo, aunque sea años después. Pero no os aburriré con mi agonía.

El doctor P. se regodeó durante todo el camino hasta la última planta, donde estaba la consulta de la directora médica.

—Me lo olí desde el minuto uno en que te contrataron. Cuando me enteré de que iban a traer a un sabiondo de la Ivy League para trabajar en mi servicio, supe que causarías problemas. A ella le dije que todo nos estaba yendo bien, que no la cagara con un doctorcillo todavía en pañales que se creyera más listo que nadie. Pero no, ella te contrató como un favor a un viejo amigo. Y pensar que, bien mirado, no lo estabas haciendo tan mal con el resto de los pacientes. Es que, vosotros, los mocosos prepotentes, os creéis que habéis nacido con una flor en el culo. Por eso ella llegó a esperar que pudieras sacar algo de Joe, pero ahora se va a llevar un buen chasco. Te lo advertí, capullín. No lo olvides. Si me hubieras hecho caso, ahora seguirías siendo el niño bonito, pero tuviste que meterte en algo de lo que no tienes ni pajolera idea. Mequetrefe arrogante. Eres…

En serio, la tabarra duró los diez minutos que tardamos en llegar a la consulta de la doctora G.

No tenía ni idea de lo que iba a pasarme y no alcanzaba a comprender qué había salido mal. Supongo que, después de que me pillaran con las manos en la masa, sentí una especie de alivio, teniendo en cuenta que la mentira y el subterfugio no eran mis objetivos profesionales, pero me angustiaba que Joe siguiera preso. Al mismo tiempo…, ¿qué era eso que había oído en su habitación? Seguí repitiéndome las cosas que Joe había dicho, y después las advertencias de la doctora G. sobre su locura y lo contagiosa que era, y me preguntaba quién decía la verdad. ¿O todos habían estado mintiéndome desde el principio?

Aquella risa profana había resonado en mis huesos. ¿Mis temores a ser descubierto me habrían desquiciado? O, si estaba en mi sano juicio, ¿cómo es que Joe había conseguido imitar una risa sacada de mi peor pesadilla infantil?

Mis pensamientos frenéticos y confusos se interrumpieron cuando Hank abrió de un tirón la puerta de la consulta de la doctora G. y me empujó dentro sin decir palabra. Mi nariz casi hizo contacto con la alfombra cuando di un traspié, y me llevó un momento estabilizarme y concentrarme en las personas presentes.

Sí, «personas» en plural. La doctora G. estaba allí, por supuesto, delante de su mesa de trabajo, mirándome con unos ojos que me hicieron pensar en un halcón que observa un cadáver putrefacto y decide que no merece la pena comérselo. Detrás de ella, sentado en el lustroso sillón de cuero por lo general reservado a la directora, había un anciano con aspecto arrugado y ajado, vestido con una chaqueta deportiva muy remendada, que me miraba con dureza por encima de unas gafas plateadas muy gastadas. No tenía ni idea de quién era aquel desconocido, pero si la doctora G. le dejaba usar su silla, estaba claro que se trataba de alguien importante. Parecía demasiado mayor para ser un detective de paisano, pues su rostro surcado de arrugas y su cabello entrecano y ralo delataban su edad, que no podía ser inferior a los setenta u ochenta años. Pero ¿quién podía ser?

La doctora G. se volvió hacia Hank y el doctor P., que por fortuna había cerrado el pico, aunque todavía parecía exultante, y dijo:

—Gracias, caballeros. Yo me encargo a partir de ahora. —Luego se acercó y cerró con calma la puerta tras ellos mientras salían.

El anciano que estaba en la consulta con nosotros carraspeó y habló con un acento aristocrático del Atlántico Medio que me resultó extrañamente familiar, aunque no pude identificarlo.

—Así que este es el último, ¿no, Rose?

La doctora G. no respondió, sino que se limitó a asentir con la cabeza. El gesto me pareció fuera de lugar, y en un segundo comprendí por qué. Al inclinar la cabeza, la expresión de su cara no reveló ni rastro de la rudeza o la altanería que había mostrado conmigo. Por el contrario, dejó entrever una suave deferencia. Poco preocupado por el motivo y aliviado por haber percibido una debilidad, me puse en pie y la señalé con un dedo acusatorio.

—De acuerdo, no sé si tiene la intención de despedirme o hacer algo peor, pero antes de que lo haga, quiero algunas putas…

—Parker… —empezó la doctora G., pero seguí hablando por encima de ella.

—¡Respuestas! ¿Creía que podía engañarme sobre un paciente y que me lo iba a tragar sin rechistar? ¿Todo ese rollo en el expediente médico de Joe es solo para retenerlo aquí?

—Parker…

—E incluso si no es así, ¿por qué mandó a dos matones para espiarme a la mínima oportunidad si no tiene nada que esconder? ¿Por qué le ha pedido que uno de ellos me arrastre hasta aquí como si fuera un prisionero?

¿Y hasta qué punto me ha estado espiando, si sabía que era...?

—PARKER.

La voz candente de la doctora G. abrasó la habitación y me callé casi instintivamente. El anciano soltó una carcajada.

—El chico es peleón. Me recuerda a alguien, Rose —dijo. La expresión angustiada de la doctora G. me infundió un poco de valor, aunque momentáneo.

—Y otra cosa. ¿Quién narices...?

—Parker, cállate y siéntate ahora mismo, antes de que digas algo de lo que ambos nos arrepintamos. —La doctora G. apenas era un poco más alta que yo sobre sus tacones, pero con su aspecto brutal y su postura más tiesa que una baqueta parecía sacarme varias cabezas. Sin querer tentar la escasa suerte que podía quedarme, busqué la silla más cercana y me senté inmediatamente. Ella suspiró y se reclinó en su escritorio.

—Aclaremos una cosa antes de seguir, Parker. No tengo intención de hacerte daño. Y aunque has tentado mucho la suerte, tampoco voy a despedirte.

Me quedé boquiabierto. Ella se rio.

—Veo que no tienes nada que decir. Bien. Sigue así, porque hasta ahora no has dicho nada que sugiera que has hecho algo mal y, por lo tanto, lo que sea que tuvieras intención de hacer en la habitación de Joe esta noche es algo que podemos ignorar los dos perfectamente.

Me miró con severidad antes de proseguir.

—Ahora, por responder a tus preguntas implícitas y explícitas: mandé vigilarte porque ese ha sido el procedimiento habitual con cada médico que Joe ha tenido desde 1973. Normalmente, pedimos a los celadores que lo hagan solo cada pocas semanas, pero la reacción que tuviste después de tu primera sesión con él me convenció de que debíamos mantenerte bajo una vigilancia más constante.

Empecé a hacer una pregunta, pero su mano se levantó tan rápido que me callé.

—Para empezar, pasaste casi el doble de tiempo en la habitación de Joe que cualquier otro médico durante la primera sesión. En segundo lugar, no parecías propiamente asustado, sino descompuesto e inseguro, lo cual indicaba que no habías tenido la misma experiencia que el resto de médicos. De hecho, cuanto más te vigilábamos, menos te comportabas como ellos. Por un lado, retomabas una y otra vez sesiones siempre igual de largas y, al salir, a veces parecías feliz o aliviado. No tenía sentido ni para los enfermeros ni para mí. Así que hice lo que cualquier médico confrontado a un misterio habría hecho. Pedí una segunda opinión.

—Ahí es donde entro yo —intervino el anciano.

—Ahora vamos con eso. —La doctora G. miró al anciano con reprobación por encima del hombro. Luego se volvió hacia mí—. Supongo que este es buen momento como cualquier otro para presentaros. Parker, te presento al doctor Thomas A., el primer hombre que trató a Joe y mi primer mentor como psiquiatra.

De pronto comprendí por qué reconocía su voz. Era una versión envejecida y ligeramente más áspera de la voz que había oído en la cinta de la primera sesión de Joe. Casi me costaba creerlo. Si el doctor A. seguía vivo, debía de tener sus buenos años. Aun así, parecía lúcido, incluso astuto. Hasta en su mirada.

Tras observarme un rato, el anciano asintió a modo de saludo.

—Un placer, Parker. Aunque no puedo decir que esté tan impresionado contigo como me gustaría. Podrías tener la distinción de ser el peor fracaso que Joe ha tenido como médico, si nos atenemos a lo que, según parece, te hemos pillado intentando hacer.

Las palabras eran ácido vertido sobre una herida abierta. Y su dureza se manifestaba a través de una frialdad muy impersonal. Mi rostro debió de descomponerse, porque el viejo me lanzó una mirada más severa.

—Veo que no estás acostumbrado a que te digan que eres un imbécil —añadió—. Pero lo eres, y menos mal que eres predecible. De lo contrario, tu estupidez podría haber hecho mucho daño. Y ahora quieres saber cómo lo hemos sabido. Rose me dijo que tu mayor miedo es no poder salvar a las personas que te importan. También me dijo que, aparte de Nessie, no había nadie más del personal que te importara y que, si lo había, probablemente estaba fuera del alcance de cualquiera encerrado en este hospital. De estos hechos dedujimos que Joe te torturaría consiguiendo que te preocuparas por él y después llevándote a fracasar en su salvación. —Se volvió hacia la doctora G—. No te culpo por no haberlo visto, Rose. Tú fuiste víctima de un engaño muy parecido, si no recuerdo mal.

La doctora G. se sonrojó y, al verlo, el doctor A. puso los ojos en blanco.

—Sí, lo sé, odias que te restrieguen por la cara tu estupidez, tanto como este muchacho que tenemos aquí, pero eras joven. Después se te pasó con la edad.

Luego se volvió hacia mí:

—Y eso es algo que tendrás que aprender tú también, Parker, y después de tu hazaña de esta noche, cuanto antes mejor. Yo, como Bruce P., te habría despedido. El hombre es un zoquete, pero sabe cómo proteger esta institución. Afortunadamente para ti, Rose tiene en gran estima tu inteligencia y cree que puedes ayudarnos a descifrar a esa plaga mental ambulante que llamamos paciente.

—Ya basta, Thomas —intervino la doctora G.—. No quiero que el pobre chico renuncie tan pronto, y te estás luciendo. Además, hay algo más que aprender de esta lección. Parker, sigo refiriéndome a lo que planeabas hacer en los términos más vagos posibles en aras de una negación plausible. Solo tenemos a una persona que afirma haber oído la confesión de tus intenciones y, teniendo en cuenta quién es, podemos descartarlo mientras no digas nada explícitamente confesional. Ahora te voy a decir quién es nuestro testigo, pero antes tienes que prometerme que no vas a decir ninguna estupidez que confirme la acusación. ¿Trato hecho?

Yo estaba absolutamente desconcertado, pero asentí despacio. En ese momento, todavía me estaba recuperando del alivio y la gratitud que sentía hacia ella por esforzarse tanto en ayudarme a conservar mi empleo.

—Bien. Parker, te trajimos aquí porque uno de los enfermeros de Joe nos informó de que le habían dicho que planeabas ayudar a Joe a escapar del hospital. La persona que se lo dijo fue el propio Joe.

Aunque hubiera querido confesar, no habría podido. La noticia me dejó mudo como una estatua; tenía la columna vertebral helada, la boca seca, y la sensación de que vomitaría si intentaba hablar. Al verme, la doctora G. abrió un cajón de su escritorio y sacó una botella de Scotch y un vaso de cristal. Vertió una generosa cantidad en el vaso y me lo dio.

—Tienes pinta de necesitarlo. Órdenes del médico.

A pesar de que tenía el estómago revuelto, hice como me dijo. Al principio sentí más náuseas, pero luego un calor adormecedor se extendió por mi cerebro y noté que mis músculos se relajaban ligeramente. Fue un alivio después de lo que acababa de oír. La doctora G. me miró con compasión. El doctor A., sin embargo, seguía con el ceño fruncido.

—Rose, este miserable no necesita que lo reconforten. Necesita que lo interroguen. Puede que haya pasado más tiempo hablando con Joe que la mayoría de los otros médicos. Tiene que contarnos cómo transcurrieron las sesiones con Joe.

Quizás fue la conmoción de lo que acababa de oír, quizás fue toda mi rabia en busca de una nueva salida después de verse privada de todo lo que la había motivado, o quizás fue el whisky, pero algo se rompió en mi interior. Estaba harto de que hablaran de mí con tanta displicencia, como un malcriado travieso que ni siquiera está presente en la sala. Harto de que me bombardearan con revelaciones sin darme la oportunidad de poder asimilarlas. Pero algunas cosas habían empezado a cobrar sentido en mi cabeza y, sobre todo, se me revolvía el estómago ante la idea de que me habían tendido una trampa para frustrar mis planes.

Clavé los ojos en el doctor A., llenando mi mirada del desprecio suficiente como para igualar cien veces la suya, fría y desdeñosa.

—Ni hablar, viejo. Por lo que entiendo, usted y su «pupila» aquí presente me encaminaron derechito a un enfrentamiento contra alguien que sabían de sobra que me haría daño y ni siquiera me contaron toda la verdad antes de que yo aceptara. La idea nunca fue curarlo, ¿verdad? Me usaron de conejillo de indias, porque querían ver lo que me haría. Bien, pues ya he tenido bastante. Si quieren saber lo que descubrí en mis conversaciones con él, primero tendrán que contarme lo que saben. Todo. Desde la razón por la que ella intentó suicidarse, o por qué coño usted renunció a tratarlo en primer lugar, o por qué siguieron poniendo en peligro a pacientes vulnerables mucho después de saber de lo que él era capaz.

El doctor A. se mostró sereno, aunque percibí que el aire de genialidad que había querido adoptar al principio se había esfumado cuando terminé de hablar. El efecto me habría acobardado si no hubiera estado tan lleno de una furia justificada. Al enfrentarme a la doctora G. me había sentido como un animalillo que mira a un depredador, pero cuando me encontré con la mirada gélida y sin vida de aquel anciano encorvado, apenas me sentí reconocido como un ser vivo. Me sentí más como una estadística que había tenido la desfachatez de replicarle. Pero no me arredré. Lo miré a los ojos durante un largo y terrible momento antes de que finalmente se acomodara en su silla y, soltando un bufido irritado, dijera:

—Bueno, probablemente no haya nada malo en darte un poco más de información. El Señor sabe que tengo poco que hacer esta noche. Pero entiende esto, Parker. Si quieres oír todos los detalles, entonces tendrás que aceptar el siguiente hecho: no hay cura para ese horror que vive ahí abajo. Lo único que podemos hacer es contenerlo.

—Soy su médico —repliqué—. Seré yo quien determine eso.

—Imagino que sí —dijo en voz baja—. Pero, al igual que esta noche, te equivocas en un punto muy importante: tú no eres su médico. Tú eres, y siempre has sido, una herramienta para obtener datos sobre él. Su médico soy yo, y cargo con esa cruz desde el día en que Joe pisó por primera vez este hospital. Consumió mi carrera y va a consumir mi jubilación. Es el trabajo de mi vida. Y habría sido el de Rose cuando yo ya no esté, pero no pienso dejarlo tanto tiempo sin resolver. Tú no entiendes, y nunca entenderás, lo que es ser la última persona que se interpone entre Joe y un mundo que no puede comprenderlo ni oponerle resistencia. Así que a partir de ahora controla esa lengua tuya o acabarás de patitas en la calle.

La furia me retaba a responderle, pero una parte de mí sabía que sería una pésima idea. Esta era la única concesión que obtendría de aquel hombre amargado y orgulloso, y era más de lo que tenía derecho a esperar. Así que, reduciendo mi frustración al mínimo, mostré el gesto más deferente que pude, lo cual pareció apaciguarlo.

—Vale, pues —continuó—. Rose, ¿por qué no le habla del último joven médico inteligente y tozudo que intentó tratar a nuestro monstruo mascota?

Levanté la vista hacia la doctora G., y para mi sorpresa, no me miró con el aire reservado de unos momentos antes. Por el contrario, sus ojos estaban cargados de tristeza y compasión.

—Lo siento mucho —movió en silencio los labios de manera que solo yo pudiera verla. Luego empezó a hablar con la voz clara y fría de una científica que presenta sus descubrimientos.

—Cuando empecé a tratar a Joe, él solo tenía seis años

y había ingresado en el hospital apenas un mes antes
de que me lo asignaran. En aquella época, como sabes
después de haber leído mis anotaciones, mi teoría era
simple: el paciente mostraba signos de trastorno sádico
de la personalidad y sociopatía como resultado de un
trastorno de estrés postraumático provocado por varios
años de pesadillas nocturnas no tratadas, que habían
conseguido afectarlo sobremanera debido a una aparente comorbilidad de parálisis del sueño y entomofobia
aguda. Su evidente progeria psicológica solo era un mecanismo de defensa destinado a hacerle parecer que tenía más control sobre determinada situación del que tenía
realmente, y su comportamiento monstruoso era una
actuación concebida para proporcionarle más seguridad
a la hora de enfrentarse al monstruo que imaginaba. Si
soy sincero, todo el asunto me pareció vergonzosamente
obvio y una pérdida de tiempo, como ya habrás adivinado por mis notas. —Hizo una pausa para ordenar sus
pensamientos y luego continuó—: Mi propuesta de tratamiento consistía en conseguir que afrontara el trauma
de sus terrores nocturnos mediante una combinación de
terapia de hipnosis, terapia de conversación y el uso
de sedantes cuando iba a acostarse para evitar que se ma-
nifestaran las pesadillas. Eso también lo sabes por las notas. Sin embargo, lo que quizás no sepas es que mi tratamiento funcionó. Con unos resultados espectaculares.
Después de los primeros días, Joe apenas mostró signos
de los trastornos que yo había oído reportar en el primer

diagnóstico inicial del doctor A. Más bien, fue otra cosa la que se manifestó. Se… encariñó mucho conmigo.

Tragó saliva, y comprendí que los recuerdos seguían siendo dolorosos.

—No es una exageración decir que Joe empezó a relacionarse conmigo como si fuera una madre adoptiva. Yo ya había supuesto que sus padres eran distantes, teniendo en cuenta su llamativa ausencia, y por eso no me sorprendió. Sin embargo, cuanto más apegado estaba a mí, más avanzaba en su recuperación y mayor era su entrega. Cada vez parecía menos un protosociópata y más un niño pequeño asustado. —Su voz vaciló—. Tienes que entender algo antes de que continúe. Yo también había tenido una relación muy fría con mis padres desde muy pronto y casi no tenía amigos, ni siquiera en mi época de la facultad de medicina. Rara vez salía con alguien y nunca me casé ni tuve hijos porque, sencillamente, no dejo que la gente se acerque a mí si puedo evitarlo. Sin embargo… algo en la forma que Joe tenía de relacionarse conmigo hizo aflorar todos mis instintos maternales. Por primera vez en mi vida, me sentí necesitada y amada incondicionalmente, y aunque intenté mantener mi distancia profesional, había algo en él que derribaba todas mis defensas contra el afecto. Y, cuanto más maternal me volvía yo, más parecía recuperarse él.

La doctora no pudo disimular las lágrimas y parpadeó con fuerza para contenerlas, aunque la tensión quebraba inevitablemente su voz.

—Estaba segura de que conseguiría darle el alta hacia el cuarto mes, así que, como último experimento para probar su capacidad de empatía, le permití tener una mascota. Una gatita, porque yo me había criado con gatos y pensé que podría relacionarse con ellos del mismo modo que yo lo había hecho, puesto que era alguien que tenía problemas para relacionarse con los demás. No recuerdo cómo la llamó. Algo de una flor, creo.

—Flor de Fibra —dije despacio.

Me miró con los ojos muy abiertos.

—Sí. Sí, exactamente. ¿Cómo…?

—Termina la historia, Rose —intervino el doctor A.—. Podremos averiguar lo que sabe mucho más rápido una vez que hayas terminado.

La doctora G. tomó aliento y asintió. Su barniz austero volvió a recubrir su vulnerabilidad inicial como una máscara muy gastada.

—Como iba diciendo, le di a Flor de Fibra y le hice prometer al doctor A. que, si la cuidaba como era debido durante una semana, eso probaría que se había recuperado de sus tendencias antisociales.

Su rostro se ensombreció, pero esta vez no de tristeza, sino de rabia.

—Trató a esa pobre gata como a un ángel durante seis días y, el último, cuando entré en su habitación, encontré su cadáver tirado en el suelo con la cabeza arrancada. Justo encima del cuerpo había garabateado con sangre una flecha que apuntaba hacia abajo y las palabras: «Para

Rosie la Cursi». —Su voz se volvió tan dura como un diamante—. Nadie me había llamado «Rosie la Cursi» desde que se burlaban de mí en el patio de recreo, cuando yo tenía la edad de Joe, y no creo que Joe haya oído jamás a nadie llamarme por mi nombre de pila. No sé cómo pudo adivinarlo. Pero lo hizo. Y en cuanto entré, empezó a reírse. Y... Y juro, incluso después de todos estos años, que sonaba exactamente como la risa de un niño en particular que solía meterse conmigo cuando yo tenía su edad. Entre esa voz y el espectáculo sangriento en que ese crío había convertido a aquella gatita adorable después de mutilarla... estallé. Salí corriendo de la habitación, presenté mi dimisión y..., bueno, el resto ya lo sabes.

Su expresión destilaba rabia y dolor. Le tendí un brazo por un reflejo de empatía, pero ella lo apartó de un manotazo con una expresión que decía que, por mucho que le doliera recordarlo, seguía teniendo su orgullo y no iba a soportar la compasión de un subordinado. Me conformé con dirigirle una mirada que pretendía ser comprensiva y respetuosa a la vez.

Luego oí la voz del doctor A. a sus espaldas:

—Entonces, Parker, ¿aún crees que puedes curar a ese cabroncete? ¿Podrías sugerirme un diagnóstico para alguien que es capaz de conjurar de la nada una antigua burla de patio solo para mofarse de una mujer cuyas vulnerabilidades ha podido discernir como por arte de magia? ¿Y bien?

Desesperanzado, negué con la cabeza, odiándome por ello.

—No lo sabía. Yo no… Yo… no lo sabía.

—Claro que no. —Había una nota de satisfacción en la voz del anciano—. No tienes ni idea de lo que le ocurre. Es más, te has tragado toda la mitología que lo rodea porque eres joven, impresionable y no te enteras. Por eso no eres su médico. Su médico soy yo. Y aquí el que se entera soy yo.

20 de abril de 2008

Hola, gente, siento haber tardado un poco más en actualizar esto, pero tenía que asegurarme de que mis recuerdos de esta serie particular de sucesos fueran lo más exactos posibles, porque de lo contrario mis acciones a partir de este punto no tendrían ningún sentido. Espero haberlo conseguido.

Al concluir sus últimas palabras, el doctor A. se aferró a las patas de la silla y se levantó despacio y con cautela, como si todos los huesos de su cuerpo fueran a romperse al menor movimiento un poco brusco. A pesar de su edad, saltaba a la vista que en tiempos había tenido una figura imponente. Incluso con el cuerpo ligeramente encorvado hacia delante, parecía medir por lo menos un metro noventa y, enderezado, probablemente llegase a medir dos centímetros más. Se apoyó en el borde de la

mesa con una mano para estabilizarse y le tendió la otra
a la doctora G., que se agachó para asir un bastón de madera oscura ornamentado con una cabeza de halcón en
bronce. El doctor A. lo alcanzó y, rodeando la mesa,
avanzó lentamente hacia mí. Me percaté de que sujetaba
un expediente grueso y polvoriento, que debía de ser
una copia de los mismos documentos que yo había visto.

Se sentó a la mesa y, dirigiéndome otra mirada implacable, empezó a decir:

—Antes de continuar, tienes que entender una cosa.
Si estoy en lo cierto en cuanto al problema de Joe, en ese
caso estamos prestando un verdadero servicio al mundo
exterior, pero también al propio Joe, reteniéndolo aquí.
Si sus padres estuvieran menos dotados de poder finan-
ciero y legal, ya habríamos llegado mucho más lejos. Sin
embargo, no podemos permitirnos el lujo de enzarzar-
nos en el tipo de batalla judicial que mis sospechas de-
sencadenarían, en caso de reportarlas. Así que hacemos
lo único que podemos hacer, que no es otra cosa que retenerlo, ¿estamos?

Asentí, esta vez con sincera deferencia. Él sonrió con
rudeza en señal de reconocimiento. Luego, con una flo-
ritura sombría, abrió el expediente médico de Joe por la
primera página. Con un dedo, golpeó la foto en blanco y
negro de un niño con el aspecto feroz de un lobo.

—Cuando conocí a Joe, parecía un chico corriente
con un problema de terrores nocturnos. Pero es evidente
que lo juzgué mal. Desastrosamente mal. Cuando volvió

la segunda vez, se había vuelto violento y era incapaz de hablar. Me desconcertó por completo. No tenía ni idea de qué podía haber fallado. Es más, no tenía ni idea de por qué sus tácticas seguían cambiando. Te habrás dado cuenta: pasó de hacer que las personas se sintieran como basura a infundirles tanto miedo que se negaban a permanecer en la misma habitación con él. Bien, cuando dimití como director médico, seguía estando tan lejos de construir una explicación como al principio. Pero la jubilación me ha proporcionado mucho tiempo para revisar las anotaciones más antiguas del caso, y a medida que las leía, todo iba cobrando sentido.

Pasó unas páginas y señaló una con el dedo.

—La primera idea se me ocurrió cuando descifré el motivo por el que sus delirios cambiaban constantemente. Cambian cada vez que alguien lo llama de alguna manera nueva desagradable. Por ejemplo, cuando lo trajimos aquí ni siquiera hablaba. Pero un día una enfermera lo llamó «chico malo» y acto seguido él empezó a provocar a todo el mundo. Puede que pienses que eso no significa gran cosa, pero fui a ver a los terapeutas que trataron a todos los que le sobrevivieron durante aquellos primeros años, ¿y sabes lo que me dijeron? Todos ellos, Rose incluida, me dijeron lo mismo: usaba los apodos que les habían puesto de pequeños, sobre todo los abusones del colegio u otros niños desagradables. Ninguno de esos nombres era muy específico, pero él parecía saber qué burlas de patio de recreo funcionaban mejor en cada caso. ¿Lo ves ahora? Alguien lo llama «chico malo» y él provoca a esa persona hasta averiguar cuál sería el chico más malo del mundo para ella y luego se comporta como tal.

El doctor pasó más páginas.

—Ahora mira esto. Después de varios años machacando a la gente de esta manera, por fin se topa con un paciente violento que no está para aguantarle las tonterías. Pero ¿qué hace ese paciente? Le da una paliza que casi lo mata y lo llama «puto monstruito». A continuación, Joe empieza a comportarse como el monstruo de las pesadillas de uno de nuestros celadores, y probablemente como los monstruos que solían asustar a sus otros compañeros de habitación. Por eso se le paró el corazón al primer chico, por eso intentó violar a una víctima de agresión sexual y por eso pudo asustar a alguien hasta el punto de que esa persona rompió los barrotes de hierro de la ventana. Porque, si va a ser un monstruo, será el peor monstruo que cada una de sus víctimas pueda imaginar. En lugar de hacerles sentir tan mal, como en los peores momentos en que se sintieron como una mierda, ahora les infundirá un miedo nuevo que no habían experimentado jamás.

Se bajó las gafas y me observó un momento antes de seguir.

—Ahora bien, seguramente un residente brillante como tú se habrá dado cuenta de que esta clase de comportamiento nos dice que, con independencia de lo mal que esté en otros aspectos, podemos concluir que Joe es extremadamente sugestionable. Como mínimo, esto apunta a algo muy desagradable en su educación, porque los niños de su edad no suelen interiorizar informaciones negativas con tanta facilidad, a menos que sus padres los hayan condicionado. Y, después de mi primera sesión con Joe, tenemos sólidas pruebas que sostienen la idea de que abusaron horriblemente de él. Rose, si eres tan amable.

La doctora G. abrió otro cajón y sacó un reproductor de casetes y dos cintas. Las reconocí como copias de las que yo tenía. Introdujo una en el lector y le dio al botón de reproducción. Se oyó la voz del doctor A. Yo había escuchado la sesión antes, pero en el contexto de lo que acababa de oír, las palabras adquirieron un nuevo significado sombrío.

Doctor A.: Hola, Joe, soy el doctor A. Tus padres me han dicho que tienes problemas para dormir. ¿Podrías decirme a qué se debe?

Joe: La cosa de las paredes no me deja.

A: Ya veo. Lamento oír eso. ¿Podrías hablarme de esa cosa de las paredes?

J: Es asqueroso.

A: ¿Asqueroso? ¿Cómo?

J: Simplemente asqueroso. Y da miedo.

A: Lo que quiero decir es si puedes describirlo.

J: Es grande y peludo. Tiene ojos de mosca y dos

```
brazos de araña grandes y superfuertes con de-
dos muy largos. Su cuerpo es un gusano.
```

El doctor A. pausó la cinta.

—Ahora bien, los ojos de las moscas, además de tener por naturaleza un aspecto alienígena, no parpadean. Y las principales características que atribuye a los brazos de la criatura es que son grandes y fuertes, y presumiblemente peludos, de ahí la referencia a las arañas. Y su cuerpo es un gusano. En otras palabras, un falo. Así que tenemos algo fálico con brazos grandes, fuertes y peludos y ojos que no parpadean. ¿Qué puede ser?

Volvió a apretar el botón de reproducción. Se reanudaron las voces.

```
A: Eso tiene pinta de dar miedo. ¿Y es muy gran-
   de?
J: ¡Grande! Más grande que el coche de papá.
```

Apretó el botón de pausa.

—Ahora bien, ¿por qué lo compara con «el coche de papá»?

—A ver, sus padres eran lo suficientemente ricos como para internarlo en este hospital desde los años setenta —dije sin pensar—. Es posible que los padres tuvieran cada uno su propio coche.

—Incorrecto —repuso el doctor A.—. Pregunté, y solo tenían un coche, y ambos lo usaban. Entonces, ¿por qué utilizar ese punto de referencia particular para el tamaño del monstruo? Esa es una asociación libre bastante específica, diría yo. Ahora bien, ¿por qué Joe asociaría libremente a su padre después de hablar de algo fálico con brazos peludos que lo sujetaba y lo miraba fijamente? Es cada vez más curioso. Pero no nos adelantemos. Primero, veamos cómo reaccionan sus padres ante este supuesto intruso.

A: Ya veo. ¿Y tus padres lo han visto alguna vez?

J: No. Se vuelve a meter en las paredes cuando vienen.

A: ¿Algo tan grande cabe en las paredes? ¿No se rompen?

J: Se derrite. Como el helado. Y luego parece que es parte de la pared.

—Según parece, sus padres no reconocen la existencia de esa cosa —dijo el doctor A.—. Ahora bien, ¿a qué podría deberse? Si estás siguiendo el hilo de mi pensamiento, creo que la razón del padre para no ver un monstruo sería obvia. Pero ¿y la madre? Quizás se negase a admitir lo que el padre de Joe estaba haciendo, incluso con él allí junto a la cama. Joe no pudo procesar que su madre estuviera en la negación, así que la única conclusión lógica sería que el padre hubiera convencido a la madre de que él, el padre, formaba parte de la pared. Eso encajaría. Ahora vayamos al meollo del asunto.

```
A: Ya veo. ¿Y es lo que te ha hecho esas marcas en
   los brazos?
J: Sí. Intenté taparme la cara para no tener que
   verlo. Me apartó los brazos y me obligó a
   abrir los ojos con sus dedos.
A: ¿Por qué hizo eso?
J: Le gusta cuando me siento mal. Por eso no me
   deja dormir.
A: ¿Qué quieres decir?
J: Se come los malos pensamientos.
```

—La respuesta estuvo ahí todo el tiempo. —El doctor A. se quedó mirando el reproductor de cintas con una especie de fascinación desconsolada—. Es que no había prestado suficiente atención. Joe nos estaba diciendo que habían abusado sexualmente de él. Describió la sensación de ser sujetado y violado por su padre en el contexto de un monstruo que tiene todos los atributos de un hombre adulto que viola a un niño pequeño. Incluso nos dio una pista de que su padre era un sádico cuando nos dijo que el monstruo se comía los malos pensamientos, porque eso sería lo que un sádico que se excita con su propia crueldad probablemente le haría a un niño pequeño. Es más, la pasividad inicial de Joe y su posterior sugestionabilidad extrema cuando le ponen motes desagradables concuerdan con el comportamiento de un niño maltratado en extremo antes y después de un brote psicótico. —Suspiró. A estas alturas, el doctor

A. hablaba tanto para mí como para sí mismo—. Por supuesto, eso nos deja con el enigma de por qué Joe imitó el sadismo de su padre cuando lo trajimos de nuevo al hospital. Lo que nos lleva a la última parte de la cinta.

A: Ya veo. Bien, en ese caso, creo que sé cómo podemos deshacernos de él.

J: ¡¿De verdad?!

A: Sí. Si se come los malos pensamientos, entonces quiero que no tengas más que buenos pensamientos cuando aparezca.

J: ¿Y cómo se supone que voy a hacer eso? ¡Me da miedo!

A: Creo que quiere que pienses que da miedo, Joe. Pero ¿sabes qué? No da miedo. Es solo tu imaginación. ¿Sabes lo que es la imaginación?

J: Más o menos.

A: Entonces sabes que es la parte de ti que inventa ideas. A veces son buenas y a veces dan miedo. Y las ideas pueden parecer peligrosas. Pero Joe, aunque tus ideas den miedo, siguen siendo tus ideas. Y tu imaginación no puede asustarte con ellas a menos que tú se lo permitas.

J: ¿Así que puedo controlarla?

A: Así es, Joe.

J: ¿Cómo lo sabes?

A: Mi trabajo consiste en eso, en saberlo. Mi po-

der especial es impedir que la gente se asus-
te. Por eso la gente viene aquí, para dejar de
tener miedo. ¿Y sabes qué, Joe? Toda esa gente
solo está asustada por culpa de las ideas. Por
culpa de partes de ellos que no pueden controlar.

J: Jolines.

A: Sí. Ahora, apuesto a que eres un niño grande
que ya no se hace pipí en la cama, ¿verdad que
no, Joe?

J: ¡Qué asco! ¡Claro que no!

A: Bien, piensa en ese monstruo grande y aterrador como hacerte pipí en la cama. Solo es una
parte de ti que dejaste escapar de tu control.

J: Eso es gracioso. El monstruo es mi pipí.

A: No exactamente. Pero las dos son cosas que
puedes controlar porque forman parte de ti,
Joe. Ahora dime, ¿a que el monstruo ya no te
da tanto miedo?

J: ¡No! Solo soy yo que me doy miedo a mí mismo.
¡Y voy a decirle que lo sé la próxima vez que
lo vea!

El doctor A. paró la cinta y comprendí que esos últimos instantes lo habían dejado exhausto. Con una voz
apenas más audible que un susurro, continuó:

—Esta es la razón por la que nunca tiraré la toalla con
el caso de Joe. Porque creo que, por culpa de mi arro-

gancia, he creado los problemas que tiene ahora. Pienso que entre nuestras dos primeras sesiones, debido a lo que le dije, Joe pasó de creer que era la víctima de un monstruo que vive de la psicosis de la gente a creer que el monstruo era él. Imagina cómo afectaría eso a un niño que ha sido víctima de abusos sexuales. Esos niños ya están en mayor riesgo de disociación. Lo que le dije a Joe... sencillamente podría haberlo empujado a un trastorno de identidad disociativo en toda regla, porque la idea de que era responsable de su propio abuso habría sido demasiado insoportable para él. Por eso creó una segunda personalidad «monstruosa» a la que echarle las culpas, que imita el sadismo que experimentó con su padre. Y, como eso no lo vimos entonces, ahora... ahora esa personalidad «monstruosa» controla su psique hasta tal punto que tanto su mente como su comportamiento han empezado a adaptarse para satisfacer sus necesidades imaginarias. Incluso el simple hecho de creer que era un monstruo ya sería malo por sí solo, porque probablemente eso lo convertiría en el más puro psicópata sádico de la historia de la psiquiatría. Pero esto es mucho peor. Este monstruo en particular cree de veras que necesita estar constantemente expuesto a pensamientos negativos para lograr sobrevivir, del mismo modo que tú o yo necesitamos comer. Como resultado, su sentido de la empatía ha evolucionado hasta tal punto que es capaz de descubrir el desencadenante de una psicosis en una persona a los pocos segundos de conocerla.

»Y no solo eso, sino que debido a su sugestionabili-dad residual puede desencadenar a su antojo diferentes formas de angustia. En otras palabras, sus delirios son tan intensos que han engañado a su mente para conse-guir que haga cosas que ninguna mente humana debería ser capaz de hacer. Ahora bien, es posible que todas las personas que dicen que él les provocó malos recuerdos y sus peores temores compartan el mismo delirio, o que hayan olvidado que revelaron detalles importantes a los que él prestó atención. Pero, incluso si eso fuera cierto, hay algo innegable: ha desarrollado la capacidad de in-ducir el suicidio en otros como mecanismo de defensa, de la misma forma que su personalidad original «murió» para ceder a la monstruosa. Y le ha funcionado a la per-fección. Hasta ahora.

Cerró el expediente y me miró fijamente.

—Por eso te necesitamos. No estás muerto y has ex-perimentado sus trucos en primera persona. Podrías ser el único testigo que tenemos, aparte de Rose, pero ella lo trató en un estado mucho menos avanzado y fue hace tanto tiempo que no podemos estar seguros de que su relato siga siendo exacto. Eres la única persona que pue-de proporcionarnos un informe absolutamente exacto sobre cómo se las ingenió para manipularte.

Tras decir esto, acercó una mano delgada, pero sor-prendentemente fuerte a mi barbilla y me la sujetó mien-tras pronunciaba las siguientes palabras:

—Por eso, te lo preguntaré una vez más, Parker.

Dime, si no por mi bien, por el de Joe, ¿qué pasó entre vosotros?

A esas alturas, no tenía motivos para seguir ocultando nada. Así que lo conté. Les hablé de la aparente cordura de Joe, de su explicación extremadamente minuciosa sobre su confinamiento y su reapropiación del incidente de Flor de Fibra. Les hablé de su relato calculado al milímetro sobre su sentimiento de culpabilidad por las lesiones de su madre, igual que yo me había sentido culpable una vez de los problemas de mi madre. Les conté cómo se había aprovechado hábilmente de mi tristeza por la muerte de Nessie. Incluso les conté cómo el doctor P., con sus advertencias de que no me molestara en intentar curar a nadie y sus torpes intentos de intimidación, había hecho que fuera muy fácil creer a Joe. Escucharon atentamente toda la historia y, cuando terminé, el doctor A. parecía sentir el peso de sus años.

—Es decir, que Joe no se basó en ningún pormenor de tu vida —concluyó—. Simplemente dedujo que eras una persona empática y jugó con eso. Que eligiese algo sobre su madre que refleja los sentimientos que tú sientes hacia la tuya probablemente solo fue una coincidencia. La mayoría de los niños tiene una relación sensible con su madre. Es más, él atribuyó la culpa del maltrato contra su gata al padre, presumiblemente porque esa era la personalidad responsable. De ese modo, al final consiguió sincerarse y expresar la rabia que sentía por su propio maltrato, aunque lo hiciera de forma indirecta. Después de todo, puede que hayas resuelto el caso, Parker. Gracias. Rose, creo que hemos resuelto este rompecabezas. Está claro que no podemos decirles a sus padres lo que sabemos, así que vamos a informarles de que hemos concluido que el caso de Joe es incurable y que tendrá que quedarse aquí indefinidamente por su propio bien. En cuanto a Parker, sácalo del caso.

—¡No! —exclamé. Algo no encajaba en la explicación del doctor A. El anciano se volvió hacia mí con una mirada incrédula.

—¿No? —preguntó—. Parker, el caso está resuelto. Acabas de confirmar nuestra hipótesis, e incluso si no lo hubieras hecho, créeme, necesitaríamos a un psiquiatra con mucha más experiencia que tú para empezar siquiera a curar a ese pobre joven. Aunque yo siguiera ejerciendo...

—Pero no lo hace. Está jubilado. Y no creo que tenga razón. Hay algo que no encaja.

—¡¿Cómo te atreves?! Tú...

—Relájate, Thomas —intervino la doctora G.—. Si Parker tiene otra idea, quiero oírla. Una segunda opinión nunca está de más.

El doctor A. refunfuñó, pero agitó la mano hacia mí con un gesto de manifiesta irritación.

Con una nueva sensación de nerviosismo, carraspeé y tomé la palabra antes de que la tensión me jugase una mala pasada:

—Antes de aventurar mi teoría, quiero hacer algunas

preguntas más para cerciorarme de que he entendido bien algunos detalles.

—Oh, por el amor de… —empezó el doctor A., pero la doctora G. levantó la mano.

—¿Sí, Parker?

—Quiero empezar por los terrores nocturnos —continué—. ¿Volvió a mencionarlos Joe después de ingresar la segunda vez en el hospital?

El doctor A. parecía a punto de dar una respuesta cortante, pero una mirada pensativa se reflejó en su rostro.

—Ahora que lo mencionas, no —respondió—. Aunque a esas alturas puede que fuera demasiado tarde. Para colmo, estaba sedado, y probablemente su padre no disfrutaba si él no sufría.

—Puede ser —dije volviéndome hacia la doctora G.—, pero no estoy seguro de que esa explicación de los orígenes del «monstruo» sea correcta. Doctora G., ¿no dijo usted que Joe padecía entomofobia?

La doctora G. asintió lentamente. Parecía no entender adónde quería ir a parar.

—Sí, fue algo que sus padres mencionaron la primera vez que lo trajeron.

—¿Y Joe tenía miedo de los bichos cuando usted lo trató? —pregunté.

—No especialmente —respondió—. Probamos alguna terapia de exposición, pero no reaccionó como alguien que sufre de entomofobia.

—Era evidente que la entomofobia era solo un sustituto de lo que él pensaba que estaba experimentando —dijo el doctor A.—. Rose, realmente...

—Doctor A. —interrumpí—, ¿le importaría reproducir nuevamente la descripción que Joe hace del monstruo de la pared?

El doctor A. me lanzó una mirada larga y cansada, pero accedió y buscó el pasaje pertinente en la cinta.

J: Es grande y peludo. Tiene ojos de mosca y dos
   brazos de araña grandes y superfuertes con dedos muy largos. Su cuerpo es un gusano.

—Eso perturbaría a cualquier persona que sufriese de entomofobia, ¿no cree? —inquirí.

—Una vez más, no es sorprendente si la entomofobia era el resultado de lo que pensaba que le hacía daño —dijo el doctor A. con tono burlón.

—Cierto, pero hay algo más —repuse—. ¿Puede ir a la parte en la que le dice que es todo imaginación suya?

Con un suspiro, el doctor A. pasó la cinta hacia delante.

A: Bueno, piensa en ese monstruo grande y aterrador como hacerte pipí en la cama. Es solo una
   parte de ti que dejaste escapar de tu control.
J: Eso es gracioso. El monstruo es mi pipí.
A: No exactamente. Pero ambas son cosas que pue-

des controlar porque forman parte de ti, Joe.

Ahora dime, ¿a que el monstruo ya no te da

tanto miedo?

J: ¡No! Solo soy yo que me doy miedo a mí mismo.

¡Y voy a decirle que lo sé la próxima vez que

lo vea!

El doctor A. paró la cinta. Parecía cada vez más molesto. La doctora G. seguía con una expresión de perplejidad.

—No suena como una víctima de violación a la que le acaban de decir que la culpa es suya, ¿no? Parece aliviado. Parece feliz. Eso no es lo que se espera de alguien que está atravesando un episodio disociativo. Y si era tan sugestionable como dice, ¿por qué no empezó a comportarse después como si fuera el monstruo? ¿Por qué se aferraba a su antiguo yo?

—Lo más probable es que su mente aún no lo hubiera procesado del todo —farfulló el doctor A. sin darle demasiada importancia.

—O no hubo episodio disociativo —repuse—. De hecho, ¿y si no hubo maltrato paterno, ni siquiera terrores nocturnos? ¿Y si Joe estaba siendo verdaderamente torturado por algo que sabía cómo aprovecharse de su entomofobia y que sabe aprovecharse de los miedos de cualquier persona con la misma habilidad? ¿Y si, cuando le dijo que la cosa era parte de él, la cosa *se transformó* en la segunda personalidad que usted cree que es el resultado de los abusos? ¿Y si se trajo al monstruo con él cuando volvió al hospital?

—Sí, claro, y estoy seguro de que su cabeza gira sobre su eje y también escupe sopa de guisantes —se burló de nuevo el doctor A., que empezaba a parecer legítimamente irritado—. Deja de hablar como un chiflado de las películas de terror, hijo, y contrólate. Eres un científico, por el amor de Dios.

—Por favor, escuche lo que tengo que decir —repliqué—. Ni yo mismo lo habría creído antes de esta noche, pero el caso es que... —Me di cuenta de que respiraba con dificultad—. Mire, sé que quiere atribuir todo el conocimiento que Joe tiene a una especie de coincidencia o que cree que las personas no recuerdan lo que le han contado, pero yo sé que eso no es cierto en mi caso. Cuando Hank me ha sacado a rastras de su habitación, Joe ha empezado a reírse exactamente con la misma voz de algo con lo que todavía tengo pesadillas. Y le aseguro que, después de la advertencia que me hizo la doctora G., nunca he hablado con Joe de mis problemas ni de nada que me asustara. ¿Cómo supo entonces el tono y el timbre exactos que debía usar?

—Oíste lo que querías oír —espetó el doctor A.—. Esperabas la voz de un monstruo. Tu mente reaccionó pretendiendo que oía esa voz.

—Pero esa es la cuestión..., que no la esperaba. Recuerde que cuando Hank me agarró yo seguía convencido de que Joe era un paciente cuerdo y maltratado, y aun así oí aquella voz. Justo cuando menos esperaba algo sobrenatural, sucedió de todos modos. ¿Y si los otros, como la doctora G., no mintieron? ¿Y si en realidad nunca le contaron nada, e incluso así él supo cómo asustarlos?

—Lleva algo de razón, Thomas. Te concedo que no tengo nada apuntado que lo demuestre, pero no sé cómo pudo enterarse Joe de que me llamaban «Rosie la Cursi» de pequeña. No recuerdo que el tema surgiera nunca en algún lugar donde Joe hubiera podido oírlo. Creo que ni siquiera yo recordaba ese apodo hasta que lo vi garabateado en la pared de su habitación.

—¡Pudo oír a alguien mencionar tu nombre y después adivinarlo por pura chiripa, Rose! —estalló el doctor A.—. No hay muchas palabras despectivas que rimen con tu nombre. ¡No es tan difícil de adivinar para un niño!

—Deberías saber que no se pueden descartar los síntomas como coincidencias solo para salvar tu teoría, Thomas —dijo con calma la doctora G.

El doctor A. parecía furioso.

—De acuerdo. —Su voz exudaba un venenoso sarcasmo—. Supongamos que ambos tenéis razón, aunque eso rompe en pedacitos todo nuestro compromiso con la ciencia. ¿Qué tratamiento sugieres para un caso de posesión por el coco? ¿Le hacemos un lavado de estómago? ¿Le hacemos un agujero en el cráneo para que salga el demonio? Ilustradme.

—Dijo que había descartado otras posibilidades —continué—. ¿Supongo que no trajo a nadie para hacerle un exorcismo?

—¿Qué clase de charlatán crees que…?

—Vamos, vamos, deja de pretender que eres el científico más puro de la sala, Thomas —lo interrumpió la doctora G.—. No dejaste constancia por escrito, por supuesto, pero los dos sabemos que intentaste un par de cosas poco convencionales con Joe.

El doctor A. no respondió, pero por primera vez parecía visiblemente incómodo.

—Si no se lo dices tú, lo haré yo, Thomas.

—¡Oh, por el amor de Dios, Rose! Descartamos ese disparate, y lo sabes. ¿Por qué alentar con datos inútiles a este cachorro desobediente y fantasioso que has contratado?

—De modo que intentó hacerle un exorcismo —constaté con frialdad—. ¿Qué ocurrió?

—Lo que ocurrió fue exactamente lo que cabría esperar de un alborotador como Joe —gruñó el doctor A.—. El sacerdote entró, empezó a decir sus ritos, y no sirvió de nada. Lo único que hizo Joe fue pitorrearse de él sin parar, diciendo que él era un ángel enviado a la tierra de la mano derecha de Cristo y que el sacerdote estaba traicionando a su propio Dios. Exactamente el tipo de cosas que alguien diría para desconcertar a un religioso.

—Y apuesto a que realmente desconcertó a ese sacerdote en particular, ¿cierto? —insistí—. Apuesto a que ni siquiera pudo terminar el ritual, ¿no?

—Él... se fue temprano, sí —respondió el doctor A.—. ¿Adónde quieres ir a parar?

—¿E intentó grabar el proceso?

—¡Pues claro que no! —exclamó el doctor A.—. ¡No quiero que nadie sepa que semejante chifladura se me pasó siquiera por la cabeza!

—Lástima —dije—. Porque me juego lo que sea a que, si lo hubiera grabado, no se oiría nada en la grabación. Porque el paciente que tienen ahí abajo, Joe, no es el responsable de todo esto. El responsable es quien sea que vino con Joe, y está utilizando a Joe de chivo expiatorio.

—¿En serio crees que tenemos al coco viviendo de gorra en el hospital? —preguntó el doctor A. prorrumpiendo en una carcajada que dejó entrever su desdén—. Rose, debería llamar a Hank para que traiga la camisa de fuerza. Creo que nuestro aspirante a salvador ha perdido el norte.

—Puede que haya una manera de ver si estoy en lo cierto —dije, centrándome en la más amable doctora G.—. Sé que es una hipótesis extraña, pero si me deja reunir suficientes datos para ponerla a prueba y resulta equivocada, podrá sacarme del caso.

La doctora G. juntó los dedos de ambas manos y me observó durante unos segundos. Parecía intrigada, aun en contra de su voluntad. Finalmente, hizo un gesto con la mano.

—Adelante.

Respiré hondo.

—Con su permiso, me gustaría tener libre mañana para poder hablar con las únicas personas que pueden confirmar o desmentir ambas hipótesis, aunque sea indirectamente. Me gustaría visitar a la familia de Joe y echar un vistazo a la habitación donde todo ocurrió.

—Oh, sí, eso funcionará de maravilla —se mofó el doctor A.—. ¿Qué piensas decir? Disculpe, señor M., pero ¿se excitaba usted cuando violaba a su hijo y oía sus gritos? ¿Por casualidad su propiedad venía con un aviso de que podría estar infestada de bichos gigantes?

—Ambos sabemos que hay formas más sutiles de descubrir si estamos ante una persona sádica —repuse, intentando evitar a toda costa morder el anzuelo—. Y, en cualquier caso, solo pretendo averiguar si mi hipótesis tiene alguna base. No tengo intención de despertar las alarmas. Se sentirán perfectamente cómodos y, si los padres de Joe son sádicos recalcitrantes, en ese caso los indicios serán fáciles de detectar. Además, si hay pruebas de que algo sobrenatural vivía en sus paredes, o de que la casa estaba embrujada de una manera u otra, eso también resultará fácil de descubrir. —Miré fijamente al doctor A.—. ¿Y sabe qué le digo? Aunque no vea ninguna prueba de que los padres están en el ajo, si tampoco encuentro algo sobrenatural, entonces admitiré que tenía usted razón y que mi cerebro se dejó llevar por ideas disparatadas y anticientíficas. ¿Eso le basta?

De nuevo, nos miramos durante un buen rato. Cuando finalmente desviamos la mirada, comprendí que el doctor había hecho las paces con la idea, aunque no se atreviera a respetarme por haberla propuesto. Luego percibí un movimiento y, al volverme, vi que la doctora G. había sacado un bolígrafo y anotaba algo en su agenda. Luego me miró.

—Sí, puedes tomarte el día libre. Independientemente de lo que diga Thomas, quiero que me informes de tus descubrimientos. No te preocupes, le diré a Bruce que estás en una misión a petición mía. No creo que la familia se haya mudado, así que utiliza la dirección que figura en el expediente. Ahora vete a casa y duerme un poco si puedes. Necesitamos tenerte despierto mañana.

24 de abril de 2008

Subestimé lo difícil que sería escribir esta historia a medida que fuera adentrándome en ella. Creedme, habría querido publicar antes esta parte, pero como creo que veréis, la temática lo hacía imposible. Os juro que no estoy intentando exprimirlo o prolongarlo innecesariamente. Es solo que resulta muy difícil de recordar y contar, de aclararme las ideas. Sin embargo, cuando me siento a contarlo, la historia sale a borbotones, como una llaga infectada que acaba de abrirse. Siempre me siento mucho mejor después de cada episodio.

Si habéis estado conmigo durante todo este tiempo, gracias por vuestra paciencia. Si estáis buscando una respuesta al misterio de esta historia, este es probablemente el post que estabais esperando.

Me gustaría poder decir que seguí las instrucciones

de la doctora G. y dormí como un bendito esa noche después de llegar a casa, pero lo cierto es que lo que me contó prácticamente me impidió conciliar el sueño. Mi cerebro estaba en modo rueda de hámster, asombrándose ante mi creciente disposición a alimentar teorías erráticas y absurdas. Apenas una semana antes, estaba convencido de que Joe era un hombre cuerdo encerrado por un grupo de profesionales médicos criminales. Me pillaron con las manos en la masa cuando intentaba liberarlo. Ahora me embarcaba en una visita de estudio para buscar pruebas de que había sido poseído por... ¿qué, exactamente? ¿Un demonio? ¿Un espíritu vengativo? ¿El coco? ¿Acaso no creen todos los locos que son ellos los cuerdos y racionales? ¿Y quién me iba a decir a mí que no había enloquecido como el resto de médicos de Joe y que el personal de la doctora G. me estaría esperando con una camisa de fuerza cuando volviera a pisar el hospital? Bien mirado, no los habría culpado por ello.

Y, debajo de todo esto, palpitando con la misma fuerza que los latidos de mi corazón, oía el sonido de aquella risa procedente del cuarto de Joe.

Por desgracia, Jocelyn no estaba en casa para ayudarme a procesar toda la información o, en su defecto, distraerme. Había una nota en la cocina que me informaba de que se quedaría hasta tarde en la biblioteca para avanzar con el siguiente segmento de su investigación. Le envié un mensaje para avisarle de que estaba en casa y me llamó, ansiosa por saber si seguía conservando mi empleo o si la policía vendría de un momento a otro. Como yo no tenía ganas de hablar del asunto por teléfono, le aseguré que la cosa iba bien y que se lo contaría todo cuando nos viéramos.

Al final, desesperado por dormir, ingerí unos cuantos ansiolíticos con una copiosa cantidad de vino y, de alguna manera, la combinación de sustancias químicas me permitió conciliar el sueño. Sin embargo, la alarma de mi despertador, que sonó al segundo de haber cerrado los ojos, no hizo más que agravar los horrores de la noche anterior con una fuerte migraña.

Sin embargo, después de una ducha, ibuprofeno y un pequeño océano de café, me sentí lo suficientemente funcional como para conducir. Así que saqué mi copia del expediente de Joe y consulté la primera página para buscar dónde vivía su familia.

La dirección de la casa explicaba sin rodeos por qué la familia de Joe podía permitirse más de veinticinco años de tratamiento para su hijo en un hospital. Se encontraba en una zona del estado tan célebre por su fortuna que su propio nombre evocaba imágenes de coches con matrículas doradas, residencias palaciegas y yates privados. Como si no fuera suficiente, una rápida consulta a MapQuest señalaba que la casa familiar de Joe se hallaba en el centro de una vasta finca a orillas del agua. En otras circunstancias, habría sentido un mínimo de curiosidad por ver de cerca tanta opulencia, pero en este caso lo único que me llamó la atención fue lo aislado que estaba el paraje y, por lo tanto, lejos de toda ayuda para cualquiera que la necesitara, especialmente un niño pequeño. La única clemencia era que distaba una hora y media en coche de New Haven, al menos si no había mucho tráfico. Así que dejé las indicaciones de Map-Quest en el asiento del copiloto para tenerlas a mano rápidamente y emprendí el viaje para descubrir lo que pudiera estar esperándome en el lugar de origen de la demencia de Joe, si es que era eso lo que tenía.

Si creyese que la naturaleza posee sentido de la ironía, ese viaje habría sido una prueba contundente. El clima era la clase de bálsamo otoñal fresco que uno espera y anhela cada año, el tráfico inexistente y, por si fuera poco, recibí un mensaje de Jocelyn para desearme suerte y decirme que estaría en casa por la noche, así que podríamos ponernos al día. En resumen, en otras circunstancias, habría sido un día perfecto, lo que hizo que el trayecto en coche hasta el equivalente secular de la boca del Infierno fuera mucho más desconcertante.

El aspecto pintoresco de carta postal de la zona del estado donde vivía la familia de Joe no hizo sino acentuar esta disonancia cognitiva. Debí de pasar por delante de cientos de vastas pero estilosas mansiones, de esas que solo los ricos de rancio abolengo pueden construir, como salidas de una novela de Jane Austen y no de Estados Unidos. Los pocos residentes que vi por la calle parecían sacados de un anuncio de Brooks Brothers o de J. Press y lucían trajes que valían varios meses de mi sueldo y relojes que probablemente costaban mis ingresos anuales como mínimo. Mi relativamente modesto, aunque bien cuidado Ford Taurus debía de desentonar visiblemente al lado de los ejércitos de Mercedes, Audis y Bentleys. Me sorprendió que alguien de una ciudad como esta acabase internado en un hospital, y para más inri en el Sanatorio Estatal de Connecticut. Era la clase de lugar donde cualquier clase de dolor se purgaba con medicación y visitas a psiquiatras especializados, o se mantenía a una distancia respetable con copiosos gastos. Era, en resumen, un sitio donde cualquier cosa desagradable, y mucho más un horror sobrenatural, había sido implacablemente desterrado de la vista y de la mente.

No fue hasta que llegué a la pesada verja de hierro forjado, junto al muro de piedra alto y grueso de la finca familiar de Joe, cuando sentí algo siniestro en mi entorno, aunque en parte pudo deberse a las increpaciones de un fornido guardia de seguridad que pegaba más en una misión de Blackwater que de vigilante en una apacible casa familiar. Como no quería parecer excesivamente nervioso, le expliqué con mis mejores modales que era médico y había venido a hablar del hijo con los residentes.

El guardia se dio la vuelta con militar precisión y marchó hasta su cabina, donde marcó una serie de números en la consola. Una voz de mujer, teñida de ese acento educado de mandíbula apretada que por lo general asociamos a los socios veteranos de un club náutico, emergió de un micrófono y, tras una breve conversación con el mandamás que acababa de bloquearme el camino, autorizó mi entrada. El guardia terminó la comunicación al punto y apretó un botón que accionó la apertura de la puerta con un silencio y una suavidad casi perfectos. Con el estómago revuelto por los nervios que había intentado reprimir desde esa mañana al salir de casa, proseguí mi camino.

El sendero que conducía a la casa familiar de Joe ascendía por una colina suave y escrupulosamente cuidada, rodeada por un pequeño bosque de arces azucareros y robles rojos del norte igual de bien atendidos. En lo alto, circundada por hayedos, se alzaba la casa, una imponente mansión de piedra neogótica que parecía transformar los rayos del sol en un radiante brillo de tonos pastel. Me detuve frente a la fachada y, después de entregar mis llaves a un aparcacoches estirado que pareció afligido por poner un pie dentro de un coche tan modesto como el mío, me apeé para enfrentarme a lo que la casa me tuviera reservado.

No obstante, cuanto más la contemplaba, mayor era mi desasosiego. Sinceramente, si la familia de Joe hubiera vivido en un castillo construido con piedra negra como el carbón, cubierto de gárgolas de demonios chillando y permanentemente iluminado por los destellos de los relámpagos, creo que me habría parecido menos inquietante. La casa era colosal: tan grande que podría haber albergado una escuela entera y seguir pareciendo espaciosa. Estoy seguro de que rivalizaba en tamaño con el edificio principal del Sanatorio Estatal de Connecticut. Su ornamentación era superfluamente agradable, con abundantes rosas de piedra y cupidos que sonreían desde sus numerosos alféizares y murallas, por no mencionar las numerosas celosías talladas a mano y las copiosas cantidades de vidrieras. Pero incluso para mi ojo inexperto, estos ornamentos parecían una máscara de vistosos oropeles para lo que, en esencia, era un edificio tan espartano e imponente como una empalizada, repleto de ángulos severos, agujas afiladas y contrafuertes protuberantes. Me preguntaba qué clase de arquitecto había diseñado una casa así, por no hablar de quién querría vivir en ella. No era de extrañar que un enfermo mental incurable surgiera de entre las paredes de aquella imitación neogótica de la Bastilla a lo Strawberry Hill.

Mientras subía por las relucientes escaleras de piedra caliza, la puerta se abrió y una mujer esbelta cuyo rostro parecía la viva imagen de la belleza graciosamente envejecida bajó a mi encuentro. Debo admitir que lo primero que pensé al verla fue que no se correspondía del todo con mi imagen del tipo de persona que conspiraría para mantener en secreto el abuso sexual de un hijo, ni siquiera en la negación. Desprendía cierta bondad, pero ceñida por un acero tan naturalmente aristocrático que imaginé que habría nacido con una campanita para llamar al servicio bajo el brazo.

—Doctor H., es un placer recibirlo —dijo con el mismo acento de escuela preparatoria que había oído por el interfono—. La doctora G. me ha llamado antes para avisarme de que vendría hoy, y he de decir que me he sentido aliviada. ¿Cómo se encuentra mi hijo? Me he estado preguntando mucho por mi pobre Joseph y apenas he tenido noticias del hospital en estos últimos años, aparte de las facturas, por supuesto, así que puede imaginarse mi alegría al verlo llegar. Pase, por favor.

—Gracias, señora M. —dije amablemente, dándole un apretón de manos con lo que esperaba fuese la profesionalidad apropiada—. Me alegro mucho de haberla encontrado en casa, puesto que esperaba hablar con ustedes.

—Pues me temo que tendrá que conformarse conmigo —dijo con cierta tristeza—. El padre de Joseph falleció hace diez años. Sin embargo, si yo puedo serle de ayuda, estaré encantada de hacer lo que esté en mi mano. Venga al salón y hablemos allí.

El «salón» era en realidad una cámara abovedada de techos altos y abundantemente amueblada con madera de caoba y cerezo envejecido, y con lo que parecían ser algunas cabezas auténticas de animales disecados. Poco acostumbrado al boato de tanta riqueza, me encontré mirando a mi alrededor con no poco asombro, cuando una de esas cabezas en particular me hizo dar un respingo y emitir un pequeño grito ahogado.

No era, para ser sincero, la cabeza de nada que hubiese visto antes o desee volver a ver. Si hubiera descubierto que era auténtica, habría tenido pesadillas durante el resto de mi vida. De la placa en la que estaba injertada sobresalía una cabeza bulbosa, casi informe, de unos treinta centímetros de largo, con dos enormes ojos compuestos, de un color amarillo enfermizo y varias filas de pinzas que parecían chorrear veneno. Pero lo peor era que el taxidermista se había esforzado a todas luces por darle el aspecto más realista posible, porque los ojos seguían parpadeando con el brillo maligno del sadismo y las pinzas sobresalían de la cara en una actitud de furiosa agresividad, como si la cosa pudiera cerrar las mandíbulas en cualquier momento y aplastar la cabeza de cualquier criatura inocente que hubiera atrapado entre sus garras. Unas fauces con colmillos, como la boca de la sanguijuela más grande del mundo, se abrían entre las pinzas y los ojos, dispuestas a destripar lo que entrara en ellas.

Al percibir mi horror, la señora M. siguió mi mirada y se estremeció.

—Qué horror, ¿verdad? —comentó—. Pero nunca he tenido el valor de quitarlo de la pared. No se preocupe, es solo una pieza artística, no es real. Charles, el padre de Joseph, era un cazador consumado, y cuando los terrores nocturnos de Joseph empezaron, pensó que, si le decíamos que había cazado y matado a esa cosa y colgábamos su cabeza en esta habitación, eso podría ayudar. Contratamos a un artista para que hiciera una reproducción del aspecto descrito por Joe y para que estudiara sus dibujos. Este es el resultado —se lamentó con amargura—. Esta cosa horrorosa no tranquilizó a Joseph, por supuesto. En todo caso, sospecho que lo asustó más. Pero desde su larga hospitalización, lo he conservado aquí en parte para recordar lo mucho que Charles quería ver curado a Joseph y en parte como una especie de símbolo de esperanza para mí de que algún día Joseph pueda vencer la enfermedad mental que le hizo imaginar esa cosa repugnante.

Todavía paralizado por una mezcla de asco y fascinación, me costó bastante esfuerzo apartar los ojos de aquel monstruoso retrato del «coco» para un niño de seis años. No obstante, la mención de los terrores nocturnos me hizo recordar el propósito de mi visita, y me volví hacia la madre de Joe.

—Señora M., son precisamente los terrores nocturnos de Joe lo que me ha traído aquí —empecé, habiendo ensayado el tono de voz varias veces en el coche—. Aunque hemos probado muchos tratamientos con su hijo, empezamos a preguntarnos si su psicosis más duradera no podría estar relacionada de algún modo con sus primeros terrores nocturnos. Nunca los exploramos a fondo cuando ingresó la primera vez, y quizás haya algo que podríamos haber descubierto si hubiéramos hecho más preguntas sobre esos terrores.

La madre de Joe me dirigió una mirada escrutadora y, por primera vez, comprendí que, a pesar de su apariencia excesivamente refinada, en verdad estaba ansiosa, incluso desesperada, por recibir buenas noticias.

—Doctor H., antes de nada, llámeme Martha. Si de verdad quiere recuperar a mi hijo después de tantos años, como mínimo deberíamos tratarnos por el nombre de pila. Pregúnteme lo que quiera. Si conozco la respuesta, se la daré.

Asentí.

—Gracias, señora M... Martha.

Sabía que debía preguntar más sobre las pesadillas, pero mientras observaba la opulencia que me rodeaba, se me ocurrió otra cosa.

—Primero..., bueno, me pregunto por qué motivo internaron a Joe en nuestro hospital.

Martha dejó escapar una breve risa.

—¿Cree que su hospital es demasiado ordinario para la gente como nosotros? Bien, supongo que nunca ha tenido que ocuparse de las admisiones en las escuelas preparatorias.

Negué con la cabeza.

—Nos preocupaba que, si llevábamos a Joseph a un hospital o a un médico conocido de nuestra comunidad, el estigma de los problemas mentales pudiese interferir en su eventual solicitud de ingreso en un colegio y arruinara su vida para siempre. Mi marido y Thomas A. habían sido compañeros de clase en Choate. Thomas aceptó mantener en secreto la terapia de Joseph en el Sanatorio Estatal de Connecticut como un favor personal. Por supuesto, al cabo de unos años, quedó claro que la precaución había sido inútil. Pero Charles insistió en mantener a Joseph bajo el cuidado de Thomas. Sus competencias y su dedicación a nuestro hijo nos tranquilizaban.

—¿Cuáles fueron sus primeros síntomas? ¿Y cuándo los notó?

—Joseph tendría cinco años —respondió Martha—. Nos habíamos mudado a esta casa y decidimos que ya era hora de que tuviera su propia habitación. Yo estaba embarazada de su hermana pequeña, Eliza, por aquel entonces, y aunque podríamos haber derribado algunas paredes para ampliar el cuarto del bebé, todos nuestros amigos nos decían que con cinco años ya era muy mayor para dormir en una habitación con un bebé; no sería justo que un niño en edad de crecer tuviera que aguantar el llanto de un recién nacido. Así que pedimos a un decorador que remodelara una de las suites más pequeñas del piso de arriba para hacer el cuarto más encantador para un niño pequeño que se pueda imaginar. A Joseph le entusiasmó su nueva habitación desde el primer día, y su niñera prácticamente tuvo que sacarlo a rastras para que bajara a cenar. Pero aquella noche...

Tragó saliva y levantó una mano.

—Si no le importa, doctor H., creo que me serviré una copa antes de continuar. ¿Puedo ofrecerle una también?

—Llámeme Parker, por favor —le pedí—. Y no, gracias.

Se levantó y caminó con paso enérgico hacia un bar

con forma de globo terráqueo tallado a mano y se sirvió una buena cantidad de líquido ámbar en una copa de cristal fino, que agitó unos instantes antes de saborear. Aparentemente fortalecida, volvió a sentarse y continuó con el relato.

—Aquella noche... Parker, no puede imaginarse lo terrible que fue. Joseph empezó a gritar como si lo estuvieran matando apenas una hora después de acostarse. Cuando fuimos a ver qué pasaba, nos dijo que un bicho gigante le había agarrado la cabeza con sus pinzas y quería hacerle daño. Sus sábanas no presentaban ningún signo de deterioro y su cara estaba completamente ilesa, así que lo atribuimos a una pesadilla por el hecho de estrenar habitación. Pensamos que se le pasaría después de aquella noche, pero no fue así. Siguió teniendo esa pesadilla.

Le dio otro trago a la copa, y esta vez fue más largo y doloroso.

—Lo intentamos todo —dijo rotundamente—. Al principio pensamos que era su imaginación, pero sus reacciones eran muy vivas y expresivas. Pusimos trampas cerca de la pared de la que decía que salía esa cosa, pero nunca se activaron cuando empezaba a gritar, y nada tan grande como lo que él describía podría haberlas sorteado. Le pedimos a la niñera que lo extenuara con actividades físicas durante el día, con la esperanza de que tuviera un sueño más profundo de noche. Pero entonces... —Hizo una pausa, recordando algo que la desconcerta-

ba manifiestamente—. Entonces su niñera empezó a ac-
tuar de forma extraña, hasta el punto de que tuvimos que
despedirla. Sí, ahora lo recuerdo. Cuando la contratamos después de mudarnos, nos pareció una niñera muy
dulce y cariñosa. Necesitábamos a alguien que tuviera
buena mano con los niños pequeños, pero que también
pudiera hacer las veces de enfermera nocturna y diurna
cuando naciera Eliza. Sin embargo, unas semanas más
tarde, la encontramos acurrucada en un rincón gritándo-
le obscenidades a Joe. Supongo que los problemas de Joe
debieron de afectarla, pero fuera cual fuera la causa de su
mal temperamento, no podíamos permitir que se des-
quitara con él. Terminamos por despedirla y contratamos a una mujer de más edad, con más experiencia.
Esperábamos que fuera menos propensa a perder la
paciencia con el exceso de energía de un niño pequeño.
Lamentablemente, después de un tiempo, ella tampoco
parecía la persona ideal. Se volvió perezosa y lenta.
Cuando nació Eliza, se portaba bien con ella, lo que, supongo, era lo que más contaba para nosotros en aquel
momento, pero nunca pudo seguirle el ritmo a Joseph.
Así que yo hacía todo lo posible por fatigarlo antes de
que me creciera demasiado la barriga con Eliza.

»Todos los días le decíamos a Joseph que sacábamos
al monstruo y lo tirábamos, pero él insistía en que seguía
allí. Intentamos trasladarlo a otras habitaciones del mismo piso, pero no sirvió de nada. Al principio, durante
un mes más o menos, yo lo traía a nuestro dormitorio,

pero hubo un momento en que Charles dejó de permitirlo. En primer lugar, Joseph seguía inquieto y teniendo pesadillas, aunque no tan fuertes como antes y, por otra parte, necesitábamos que aprendiera a dormir solo. A crecer. En algún momento, empezamos a sedarlo, lo que parecía brindarle unas horas de descanso antes de que sus gritos nos despertasen de madrugada.

»Entonces mi marido contrató a un escultor para que hiciera esa cosa que ha visto cuando hemos entrado, y fingió que lo había matado para proteger a Joseph, pero tampoco sirvió de nada. Pensamos que a lo mejor Joseph veía insectos por toda la casa y que eso era el desencadenante del problema, porque los insectos lo aterrorizaban tanto que solo con ver uno se ponía histérico. Así que contratamos a un exterminador para que hiciera visitas diarias y le pedimos que revisara la casa entera, especialmente la habitación de Joseph, para acabar con cualquier insecto que se hubiera colado dentro. Pero eso tampoco funcionó. Él nos repetía que el monstruo lo despertaba agarrándole la cara con sus garras y sujetándole la cabeza con sus pinzas todas las noches. —Bebió otro trago de su copa—. Charles insistía en que acabaría superándolo, que todos los niños tienen pesadillas recurrentes o ven algún tipo de hombre del saco, y que esta situación no sería distinta. Le preocupaba que, si sometíamos a Joseph a terapia o lo internábamos en un psiquiátrico, eso pudiese traumatizarlo más que esas cosas que veía de noche. Y estaba seguro de que afectaría negativamente a sus posibilidades de matricularse en un buen colegio.

»Pero, al cabo de nueve meses, la situación empezó a empeorar. Joseph se había vuelto apático. Si un niño de seis años puede estar deprimido, yo diría que era su caso. Ya no hablaba tanto de ello, y algunas noches apenas lo oíamos sollozar. Pero entonces… Una mañana bajó a desayunar y estaba cubierto de moratones. Tardé un par de días en darme cuenta de qué se trataba; pensé que solo era el resultado de los juegos brutos con los amigos. Pero luego comenzó a aparecer con rasguños en los brazos. Yo ya no podía soportarlo más y le pedí a Charles que llamara a Thomas y lo llevamos al Sanatorio Estatal de Connecticut.

Apuró la copa y, esforzándose claramente por mantener la compostura, guardó silencio y se acercó al bar. Me volvió la espalda y rellenó la copa sin que yo la interrumpiera. Me daba perfecta cuenta de que le estaba costando un mundo hablar de todo aquello.

—Se quedó internado. Creo que una noche o dos, no recuerdo. Pero cuando volvió a casa, Parker, no habría creído que ese niño le tenía miedo a nada. Parloteó sin cesar durante todo el trayecto y decía que ya no le tenía miedo al monstruo. Que ahora era valiente, y que el monstruo era solo él asustándose a sí mismo. «No tengo miedo de mí, mami, ¡así que no puedo tener miedo de él! ¡Me lo ha dicho el médico del castillo para miedosos!». No paraba de repetir eso una y otra vez. —Esbozó una sonrisa irónica—. Parecía una variación de lo que Charles llevaba años diciéndole: que aquello no era real, que los monstruos no existen, que eran imaginaciones suyas. Pero supongo que fue gracias a Thomas, al efecto de una clase de médico muy especial. En cualquier caso, intentamos darle los sedantes esa noche, pero él insistió en que no los necesitaba. Dijo que quería enfrentarse al monstruo y hacerle saber que en adelante no podría asustarlo más.

Vi que le temblaban las manos cuando levantó de nuevo la copa.

—Bueno, al principio gritó, pero antes de que llegáramos a la puerta de su habitación se calló. Pensamos que quizás se estaba enfrentando a sus miedos, que lo que le había dicho el médico estaba funcionando. Y, como esa noche no volvió a decir ni pío, dimos por sentado que por fin dormía en paz.

»Pero a la mañana siguiente, encontramos a Joseph de cuclillas en un rincón. Emitía unos ruidos horribles y nos... nos miraba con lascivia. Su forma de mirarme... no lo reconocí. Fue horrible.

»Así que se lo llevamos otra vez a Thomas. Y sé que esto parece una cosa horrible de decir, pero desde que ingresó en el hospital, fue como si se disipara una nube. Soy consciente de que probablemente solo sea por mi necesidad desesperada de dejar de sentirme tan impotente, pero... hace mucho que pienso que quizás culpé a mi hijo de lo que le estaba ocurriendo. Que no lo amaba lo suficiente como para ayudarlo a superar la situación. Y que por eso... es como es.

Mi teoría no era concluyente, pero oírla descrita con unos detalles tan siniestros no hizo sino acentuar el carácter trágico de la situación.

—No creo que deba sentirse responsable. Es evidente que quiere a su hijo, y supongo que su marido también lo quería —la tranquilicé. Luego hablé con un tono más cariñoso—: No se tome a mal la pregunta, pero ¿por qué razón no han visitado a Joe desde que lo internaron?

Martha me miró con una expresión angustiada.

—Queríamos hacerlo, Parker —dijo casi en un susurro—. Créame, durante muchos años no quisimos otra cosa en el mundo. Pero Thomas siempre se negaba. Nos decía que nuestra presencia podría alterar a Joseph, y que Joseph era demasiado imprevisible como para someterlo a más perturbaciones. Seguimos insistiendo y preguntando cuándo sería un buen momento, pero al final, Thomas perdió la paciencia con nosotros. Nos dijo prácticamente a gritos que Joseph, mi pequeño Joey, era un lunático peligroso. Inestable. Violento. Nos dijo que, para nuestra seguridad y para la de Joseph, lo más aconsejable era mantenernos separados. Y que, si la situación mejoraba, nos lo comunicaría. Pero pasaron los años y... no mejoró. Al final perdimos la esperanza. Creo que eso destruyó a Charles... Pero ahora está usted aquí. —Intentó disfrazar su desesperación, que a pesar de sus años de estoica educación blanca, anglosajona y protestante era evidente.

Al oírla, me sentí a la vez inmundo por haber creído que lo que el doctor A. había sospechado podría ser cierto y desesperado para evitar que su esperanza fuera en vano.

—Martha, tengo que pedirle un favor que tal vez nos ayude con el tratamiento de Joe.

—Sí —asintió ella—. Lo que haga falta.

—Creemos que Joe pudo hacerse a la idea de que el monstruo no era fruto de su imaginación, sino una parte de él —expliqué—. Eso significa que necesitamos saber lo máximo posible sobre sus orígenes y determinar cualquier factor ambiental. En una de las grabaciones que tenemos de las sesiones de terapia, Joe dice que el monstruo salió de la pared. Si no le importa, me gustaría ver su habitación, y con su permiso, examinar esa pared para ver si hay algo extraño, como indicios de una infestación que el exterminador hubiera pasado por alto, por ejemplo.

Martha no pareció necesitar tiempo para pensárselo. Apuró su copa de un trago, se levantó y empezó a salir de la estancia. Al ver que yo no me movía, ladeó la cabeza con impaciencia.

—Bueno, ¿a qué está esperando? La respuesta es sí. Venga conmigo.

Había cuatro largas plantas que subir en aquella casa majestuosa, pero impecablemente decorada. Las plantas inferiores estaban en esencia decoradas en lujosos tonos salvia y dorados, con suelos de madera noble que yo asociaba a los años noventa, mientras que el pasillo más estrecho y enmoquetado de la planta superior revelaba los colores terrosos y marrón oscuro clásicos de los años setenta. Sospeché que cualquier remodelación en los años transcurridos desde la partida de Joe se había limitado a las plantas inferiores. En cuanto a la habitación de Joe, nada más entrar me di cuenta de que no había sido habitada, ni tan solo visitada, en mucho tiempo. El polvo cubría todas las superficies y algunos de los viejos juguetes parecían oxidados. Aun así, era un dormitorio que habría ejercido un efecto tranquilizador hasta en un niño nervioso. Había juguetes esparcidos por todas partes, desde figuras de acción hasta peluches, y extensas maquetas de trenes recorrían la habitación de una punta a otra. Las paredes estaban pintadas con un azul intenso y relajante, excepto una de ellas, que lucía con minucioso detalle un gigantesco mural hiperrealista de un coche de carreras rojo brillante. La cama con dosel parecía menos una cama que una nube, tal era la cantidad de almohadas y edredones mullidos. Y el suelo estaba revestido con una moqueta exuberante y suave del mismo azul sosegador que el resto del cuarto.

Sin embargo, Martha vaciló en el umbral de la puerta, como si la mera visión del dormitorio hiciera bascular su determinación. Luego, con una mirada de acero en los ojos, entró y me hizo señas para que me acercara a un tramo de pared de tres metros junto a la cama. La señaló con una mirada desdeñosa.

—Es de aquí de donde salía la cosa según Joseph. Es

completamente imposible, claro. Aunque yo creyera en la existencia de ese monstruo, no podría esconderse aquí. Esta es una de las paredes más exteriores de esta zona de la casa. Al otro lado solo hay aire libre, nada más, ni siquiera una pequeña cámara.

Sus ojos deambularon por la habitación. Hizo un pequeño gesto de impotencia y me miró.

—Gracias, Martha —dije.

Ella asintió con un gesto rígido pero amable.

—Tenemos un intercomunicador en el pasillo justo al otro lado de la puerta. Supongo que todavía funciona, así que llámeme si me necesita. —Salió de la habitación y cerró la puerta.

Ahora lo único que quedaba era investigar la habitación. Empecé por pasar revista al aprovisionamiento aparentemente interminable de juguetes, juegos y libros. No encontré nada que se pareciera de cerca o de lejos a un insecto, o que tratara algún tema vinculado con los insectos; no encontré nada que se pareciera a la horripilante cosa inmortalizada en la escultura del salón. Aparte de lo numerosos que eran, no había nada destacable en los efectos personales de Joe. Eran el tipo de cosas que esperarías ver en la habitación de un niño rico, aunque los juegos y los libros databan claramente de principios de los años setenta.

A continuación, revisé armarios y cajones, rebuscando entre su ropa. Luego comprobé la cama, pero con sumo cuidado, porque la nube de polvo que podía levantar corría el riesgo de aniquilarme rápidamente. El olor a moho y a podredumbre era considerable. Ayudaba que el cuarto parecía estar intacto desde la partida de Joe, pero no encontré nada destacable.

Quiero decir, casi nada. Hubo algo que me llamó la atención. La gran mayoría de los juguetes de Joe estaban rotos, y en particular los animales de peluche, lo cual era contradictorio, teniendo en cuenta que estos artículos a menudo están diseñados para resistir el vapuleo de un niño. Sin embargo, la mayoría de los peluches que encontré presentaban signos evidentes de cosidos o remiendos, o seguían teniendo incisiones por las que asomaba el relleno. En teoría, eso es algo que podría haber hecho un niño, pero habría necesitado mucha imaginación, máxime teniendo en cuenta que no vi ningún juguete u objeto que me pareciese lo bastante afilado o duro para desempeñar esa tarea. Las partes rasgadas de los peluches tampoco se correspondían con las zonas que un niño tendería a estirar o apretar (orejas, cuellos, colas), lo que me llevó a cuestionarme quién o qué había destripado aquellos juguetes. ¿Fue Joe? ¿Su padre? ¿Un acto de sadismo con el propósito de dañar los tesoros del niño? La teoría del doctor A. se me vino a la cabeza. Pero necesitaba más pruebas. Tenía que examinar la pared misma.

A primera vista, no parecía sospechosa. Me coloqué entre ella y la cama y empecé a palparla, presionándola y golpeándola con un nudillo, en busca de signos de reblandecimiento o deterioro. La estudié buscando indicios de la presencia de bichos u otras alimañas.

Mis ojos la escudriñaron de arriba abajo, recorrieron el suelo y subieron por la vieja cama de Joe, luego retrocedieron... y entonces vi que había dos zonas en las que la moqueta parecía ligeramente irregular. Como las patas levantaban la cama unos treinta centímetros del suelo, pude entrever algo debajo.

Preguntándome si podía tratarse de un efecto de luz, me arrodillé y estiré la mano para palpar las arrugas de la moqueta, pero descubrí que había sido parcialmente arrancada del suelo en ambos lugares y colocada de nuevo en su sitio de forma imperfecta.

Intrigado, tiré de lo que parecía ser el punto de origen del desgarrón, y un largo tramo de moqueta se despegó del suelo levantándose con tanta facilidad como si hubiese retirado una sábana. Fue entonces cuando reparé en que, en lugar de la misma caoba elegante que las otras zonas de la casa, el suelo ahí era de una madera más clara y modesta que la moqueta había intentado ocultar.

Menciono esto porque fue solo gracias al color claro de la madera que pude distinguir un rastro de pequeñas manchas marrones que seguían la misma trayectoria que la moqueta arrancada y terminaban en la pared detrás de mí. Si había tenido alguna duda sobre lo que eran, esta quedó inmediatamente despejada cuando cerca de los pies de la cama descubrí unos pequeños fragmentos de material duro, que mi formación médica me permitió identificar inmediatamente como las uñas de un niño. Un niño se había aferrado con tanta fuerza a la moqueta que le habían arrancado las uñas cuando habían tirado de esta, dejando un reguero de sangre que terminaba en la pared.

Me levanté y me quedé mirando la pared durante un buen rato, luego salí hasta el interfono y llamé a la madre de Joe. Cuando vino, le enseñé la moqueta desgarrada y la sangre en el suelo y le pregunté si alguna vez había reparado en algo de todo aquello. A la madre de Joe no le constaba que la moqueta estuviera estropeada y, al ver la sangre, se quedó atónita, sin saber qué pensar. Sus ojos siguieron el rojo reguero y luego miraron asustados a la pared.

Tuve que mover la mano para captar su atención.

—Martha, me gustaría echar un vistazo dentro de esta pared. ¿Le parece bien?

—Sí…, hum. ¿Qué necesita?

—¿Tiene un hacha?

Diez minutos más tarde, Martha encontró un hacha en un baúl guardado bajo una ventana del cuarto del bebé, al fondo del pasillo. El arma estaba junto a una escalera de incendios a la antigua, de cuerda y madera. Después de que me la entregara, le recomendé que aguardara en el pasillo; no sabía el desorden que iba a provocar ni lo que encontraría.

Cogí el hacha y empecé mi embestida, empleando toda la fuerza que mis músculos podían producir en cada golpe. La escayola y los listones de madera se resistían, pero el filo de la hoja y la desesperación de mi embestida los atravesaron, y un trozo de la pared interior se desprendió. Tras él, se reveló un horror que me heló las tripas y me hizo preguntarme si ya había perdido la cabeza o estaba a punto de hacerlo. Percibí un hedor nauseabundo.

Seguí golpeando la pared, derribando escayola y trozos de listones y remaches, hasta que una gran plancha de yeso de unos cincuenta centímetros cedió, destapando un pequeño nicho. El interior de ese espacio, con la madera tallada a su alrededor tan perfectamente que parecía haber sido hecho a medida, albergaba el minúsculo cráneo de un niño humano.

Horrorizado, tuve que apartarme de la pared y taparme la boca para reprimir las arcadas cuando el hedor de décadas de descomposición, oculto por aquella tumba tallada, me golpeó la nariz. Pero lo peor fue la incredulidad que sentí. Lo que estaba oliendo y viendo parecía imposible. No era posible que alguien hubiera podido crear un espacio con un tamaño tan preciso para ocultar el cuerpo de un niño dentro de una pared maciza, con tal grado de perfección que había que derribar la pared para encontrarlo. ¿Para qué? ¿Con qué propósito? Entonces, en un cataclismo de horror súbito, todo cobró sentido en mi cabeza.

No tengo miedo de mí, mami, ¡así que no puedo tener miedo de él! ¡Me lo ha dicho el médico del castillo para miedosos!

*Descifré el motivo por el que sus delirios cambiaban
constantemente. Cambian cada vez que alguien le llama
de alguna manera nueva desagradable.*

*Se vuelve a meter en las paredes cuando vienen. Se
derrite. Como el helado. Y luego parece que es parte de
la pared.*

*¡Voy a decirle que no me asusta la próxima vez que lo
vea!*

El torrente de pensamientos que me asaltó fue tan terrible que no pude reprimir un grito. Porque, en ese instante, supe que lo que había pasado era mucho peor de lo
que yo, Rose o Thomas habíamos podido suponer. El
verdadero Joe estaba muerto desde la noche siguiente a su
primera visita al hospital. Lo habían asfixiado en una tumba creada por manos capaces de derretir una pared sólida,
las manos de la Cosa que lo había atormentado. Luego, al
ser tratada como si ella fuera Joe, el monstruo que se ali-
mentaba de su miedo y de su sufrimiento había asumido
su forma y se había dirigido al bufé libre que era nuestro
«castillo para miedosos». Allí había torturado durante
más de dos décadas a enfermos mentales, celadores y médicos que no sospechaban nada. Durante años, se había
cebado de pensamientos negativos que apenas había tenido que esforzarse en producir. Y a cada intento de «cura-
ción» de aquel parásito malévolo innombrable, le enviá-
bamos una nueva víctima. Si hasta entonces yo había
conservado algún resto de fe en los poderes sanadores de
la ciencia y la medicina, aquella revelación lo destruyó.

Pero, por doloroso que fuera, también me aportó una especie de fría claridad. Cuando Martha, la madre de Joe, irrumpió en el cuarto, comprendí que tenía que encontrar una forma de hacer justicia al asesinato del pobre niño, cuyo cadáver acababa de desenterrar.

Cuando Martha miró dentro del agujero de la pared, creo que al principio su mente tuvo que negarse a aceptar lo que contenía. Lo único que pudo hacer fue mirar, con ojos muy abiertos llenos de incomprensión, el pequeño esqueleto que llevaba tanto tiempo sepultado en aquella habitación maldita.

Cuando por fin desvió los ojos, fue para mirarme con una expresión infantil que parecía implorarme, a mí, el médico, que le diera una explicación racional.

—¿Qué significa esto?

Como no encontré la manera de formular una respuesta, no lo intenté. En vez de eso, respondí con otra pregunta.

—Señora M., ¿puedo quedarme el hacha?

Sin dejar de mirarme con una mezcla de miedo e incomprensión, asintió lentamente con la cabeza.

27 de abril de 2008

Bueno, gente, esto es todo. El final de la historia que he ocultado durante más de diez años. Por fin voy a revelar una verdad que casi destruyó para siempre mi interés en la medicina y la psiquiatría, que casi me rompió el corazón y me condujo a la locura, y que fue la causa de la devastación de muchas personas relacionadas con el Sanatorio Estatal de Connecticut. Para ser sincero, esta tendría que haber sido la parte de la historia más difícil de escribir, pero gracias a toda la positividad que me habéis demostrado, poder escribirla me ha dado una sensación de alivio. Entiendo que muchos de vosotros no hacéis la misma interpretación que yo de lo que descubrí dentro de aquella pared de la casa de infancia de Joe, pero creo que lo entenderéis en cuanto leáis esta última parte.

Después de mi horripilante descubrimiento, las si-

guientes horas transcurrieron en una especie de nebulo-
sa. Le sugerí a Martha, sin mucho entusiasmo, que lla-
mase a la policía, pero parecía demasiado conmocionada
para escucharme siquiera. En cualquier caso, creí que
debía marcharme de su propiedad, sobre todo teniendo
en cuenta que probablemente acababa de borrar cualquier atisbo de esperanza de que recuperase un día a su
hijo, al tiempo que había suscitado toda clase de cuestiones incómodas y peligrosas para su salud mental sobre
qué era, exactamente, aquello cuya hospitalización llevaba costeando más de veinticinco años. Sería preferible,
razoné, que yo no fuera el primer psiquiatra con el que
ella hablara después de lo ocurrido, de modo que me ex-
cusé y me dirigí a mi coche.

Recuerdo que serían alrededor de las cuatro de la tarde cuando salí de aquella mansión maldecida, hacha en
mano, tras lo cual conduje de inmediato en dirección el
hospital. Pero no fui directamente allí. Si había alguna forma de conseguir que la Cosa que se hacía pasar por Joe
reconociera lo que había hecho, quería tener la oportunidad de usarla, así que me detuve en una tienda de la cadena
Radio Shack cerca del hospital y compré una minigraba-
dora, con una cinta de casete virgen, que me cupiese en el
bolsillo. Pensé que, si la Cosa no sabía que tenía una cinta, podría engañarla y conseguir una grabación.

Luego conduje hasta el hospital.

Llegué sobre las seis menos cuarto y me planteé sacar
el hacha del maletero para atajar el problema allí mismo,

pero mi conocimiento de los procedimientos típicos del personal me lo impidió. Habría demasiada gente alrededor como para intentar nada en ese momento y, aunque buscaba algún tipo de venganza contra el monstruo, tampoco quería que me encerraran por ello.

En ese momento, mi objetivo no era matar a «Joe», sino sonsacarle algunas respuestas. Fuera lo que fuera, seguía siendo un prisionero a merced de la persona que tuviera la llave de su habitación. Entré en tromba en el hospital y, tras dar un rodeo hasta mi consulta para ponerme la bata de laboratorio, me dirigí directamente a la guarida de la criatura maldita. Una vez delante, introduje el casete en el aparato, apreté el botón de grabar y escondí el dispositivo en el bolsillo de la bata. A continuación, metí la llave en la puerta y la empujé con furia, mi rabia plenamente justificada sobreponiéndose a cualquier rastro de miedo que pudiera tener por enfrentarme a un agente de terror desconocido.

«Joe» levantó la vista cuando entré en su habitación. Al ver que era yo, su cara se partió en su habitual sonrisa torcida, como si no hubiera pasado nada desde mi fallido intento de liberarlo. Cuando habló, lo hizo con el mismo tono áspero que usaba cuando fingía estar cuerdo.

—Vaya, vaya, vaya, dichosos los ojos que te ven, doc.

—Déjate de tonterías —espeté—. ¿Qué eres?

—¿Qué soy? Muchacho, pues sí que te la ha jugado la doctora, ¿eh? Te lo dije, soy un hombre cuerdo que están usando para sacar…

—¡Ni te atrevas! —ladré—. Acabo de ir a casa del verdadero Joe. He visto lo que hay dentro de la pared. Te lo preguntaré otra vez: sé que no eres humano, así que, dime, ¿qué eres?

No sé si lograré escribir lo que viene a continuación tal como lo recuerdo. He pasado años intentando convencerme, echando mano de todas las herramientas que la psiquiatría puede ofrecer, de que lo que recuerdo solo forma parte de mi imaginación. Sin embargo, las imágenes se mantienen obstinadamente intactas. Por eso, si quiero transmitir el peligro contra el cual creo que es mi deber advertiros, tengo que dar a mi experiencia la credibilidad que merece y relatarla tal como la recuerdo, aunque me resulte más reconfortante fingir que fue mi propia mente la que perdió momentáneamente la razón.

«Joe» me miró fijamente durante un buen rato. Era obvio que no había anticipado que yo lo descubriera. Se levantó y alzó las manos en mi dirección, dejando sus antebrazos al descubierto. Las heridas se abrieron en sus muñecas, despegándose lentamente como por arte de magia. Pero no era sangre lo que manó de ellas, sino una avalancha de larvas voraces que se retorcían. Su sonrisa se ensanchó y siguió haciéndolo hasta que sus mejillas se hendieron, abriéndose en un rictus sangriento. A sus pies comenzó a formarse un charco horrible de un amarillo venenoso, en cuyo interior flotaban vetas escarlatas. Sus piernas y su torso se alargaron hasta que se cernió sobre mí, mirándome desde lo alto con una diversión maligna, de pesadilla.

Cuando la Cosa que se hacía llamar Joe volvió a abrir la boca, la sangre chorreó de sus encías expuestas y se rio con el silbido húmedo y putrefacto de mis pesadillas.

—Parker..., mi bebé —canturreó en una parodia distorsionada y detestable de la voz de mi madre—. Ayúdame.

Durante un instante, el miedo me paralizó. Si hubiera sido un hombre más débil, si no hubiera visto el pequeño cráneo y los huesos en la pared y si no me hubiera enterado de todo lo ocurrido el día anterior, tal vez me habría quedado así. Tal vez habría salido balbuceando de la habitación y habría terminado yo mismo atado a una camilla. Pero años de culpabilidad de superviviente y de una violenta indignación moral habían surtido efecto, y en aquel instante supe que temer a la Cosa era darle lo que quería. Y eso era algo que yo no podía —no quería— hacer. Mi miedo se transformó en furia candente y escupí en la cara mutilada y lasciva de la Cosa que se hacía llamar Joe:

—¡Que te jodan! Hablas como mi madre porque crees que tengo demasiado miedo para defenderme. Del mismo modo que sabías que parecer un bicho gigante asustaría al verdadero Joe.

No hubo respuesta, solo más sangre chorreando por la boca mutilada de la Cosa. Sin embargo, parecía querer comunicarme algo. Tuve que hacer de tripas corazón para no recular cuando se inclinó y derramó sobre mí su fétido aliento, un movimiento que no parecía preceder a un ataque. Levantó una de sus largas manos arácnidas y apretó el bolsillo donde tenía escondida la grabadora. Luego, con otra carcajada húmeda, movió el dedo en mi dirección fingiendo un reproche. El significado parecía claro: *eso no va a servirte de nada.*

Sentí otro escalofrío. También lo ignoré, pero con más esfuerzo.

—¿Qué eres? Tengo que saberlo.

La mandíbula de la Cosa pareció aflojarse y, esta vez, su voz húmeda y putrefacta logró formar palabras.

—*¿Tú... qué... crees...?*

Era una trampa. Quería que le diera un nuevo papel que representar.

—Creo que eres un conejito esponjoso —dije con voz burlona—. Creo que te llamaré Mimos.

La Cosa soltó otra carcajada horrible y ronca.

—*No... te...* —Hizo una pausa más larga de lo habitual, mientras le caía más sangre por la barbilla— *lo... crees.*

Lo fulminé con la mirada.

—Puede que no, aunque no voy a darte un papel. Sé cómo funcionas —respondí—. Pero te diré lo que sé. Sé que mataste a Joe. Lo mataste y ocupaste su lugar.

La Cosa no respondió. Durante unos segundos, no hubo ninguna reacción. Luego, con otra risa empapada en sangre, movió la cabeza arriba y abajo, asintiendo. Reprimí un escalofrío.

—¿Por qué? —pregunté, más por reflejo que por verdadera curiosidad.

La Cosa hizo una pausa y pareció sopesar seriamente mi pregunta. Cuando volvió a abrir la boca para hablar, estaba tan cerca que su aliento pestilente casi me ahogó.

—*Nada... como... yo... tuvo... jamás... la oportunidad... de ser...*

—¿De ser humano? —terminé la frase con un susurro bajo y horrorizado. Volvió a mover un dedo en mi dirección y sacudió la cabeza con un conocimiento exagerado.

—*... de ser... presa...* —terminó, poniendo especial énfasis en la última palabra.

Sentí náuseas, pero me obligué a afrontar la situación con el mayor distanciamiento posible. Se estaba burlando de mí, pero al menos era sincero.

—Pero ¿por qué quedarse aquí? Podrías haber sido libre todos estos años. Podrías haber torturado a personas sin estar encarcelado. ¿Por qué pasar tanto tiempo aquí?

—*No... sabía... cómo... ser... presa...* —dijo la Cosa con un sonido sibilante—. *Aquí... mucha comida. Aquí... seguro. Aquí... aprendo... cómo piensan...* las presas.

Se golpeó el pecho con un dedo y luego me señaló a mí.

—*Curioso* —dijo resollando—. *Como... tú.*

Por instinto, di un paso atrás, horrorizado por la insinuación.

—¡No me parezco en nada... a lo que quiera que seas! —rugí sin poder contenerme. Su risa retumbó en mis oídos.

—*Sí... te... pareces. Los dos... vivimos... de la... desgracia. Tú... te lucras. Yo... me alimento.*

—Cállate —intenté gritar, pero me salió una voz hueca y trémula. La Cosa estaba muy inclinada sobre mí, tanto que me parecía grotescamente íntimo.

—*Podría... ayudarte. Podría... enseñarte... lo que... otras presas... temen.*

Sentí tantas náuseas que tuve que apoyarme en la pared, pero seguí mostrándome desafiante. Me enfrenté a la Cosa con toda la valentía que pude reunir.

—No —repuse—. Sé lo que estás haciendo. Sabes que mi mayor temor es no conseguir salvar a los demás. Solo me estás haciendo creer que puedes ayudarme para verme fracasar después y alimentarte de mi desgracia.

La expresión de la Cosa —si es que se podía llamar expresión a su rostro mutilado— se ensombreció momentáneamente. Pero, en un instante, recuperó la sonrisa y, con ella, una risotada como una cascada de ácido.

—*Tú... no puedes... luchar...* —dijo con un horrible graznido—. *Estúpida presa. Estás... indefenso.*

—Más estúpido eres tú —repuse con una nueva valentía temeraria en la voz—. Eres tú el que está indefenso, en tu situación actual. Lo único que puedes hacer son trucos de salón para intentar asustar a la gente, pero si eso falla, estás hasta el cuello de mierda.

—*Entonces... ¿por qué... no intentas matarme? Ve... por el hacha. Vuelve aquí. Inténtalo. Yo... estaré... esperándote.*

¿El hacha? Me quedé momentáneamente sin palabras y empecé a sentir que la intimidación se filtraba en mi conciencia. Entonces, un pensamiento repentino cruzó mi mente, y le devolví la mirada burlona y sádica con una de mi cosecha.

—No necesito matarte —respondí con calma—. Lo único que necesito es que todos dejen de prestarte atención, cosa que puedo hacer ahora que sé lo que le hiciste al verdadero Joe. Y, en el fondo, eso es lo que te mataría, ¿verdad? Si dejamos de enviarte celadores, enfermeros y médicos, te quedarás sin víctimas. Te morirás de hambre aquí dentro. Pues bien, disfruta de los pensamientos negativos que me estés sacando, puto parásito, porque son los últimos que vas a comerte en lo que te queda de vida. Eso te lo prometo. —Me di la vuelta y estaba a punto de salir, cuando oí que la Cosa hablaba de nuevo, esta vez con una cadencia normal y la voz de Joe. En cierto sentido, eso solo hizo que sus últimas palabras fueran más disonantes y desconcertantes.

—¿Doc? Escucha la cinta. Por tu propio bien, escúchala antes de intentar nada. Por favor.

Me volví con desgana. «Joe» me miraba con expresión temerosa. Cualquier rastro de sangre y mutilación habían desaparecido de su rostro y de su ropa, y había recuperado su máscara de paciente. El suelo estaba limpio de efluvios, como si yo hubiera sufrido una alucinación. No permití que la visión me asustase. Me di la vuelta y di un portazo al salir, abandonando el hospital preso de la furia. Cuando llegué al coche, saqué la grabadora que había traído, paré la cinta y la rebobiné. Luego, mientras conducía a casa, le di al botón de reproducción para saber qué había grabado, si es que había grabado algo.

Me gustaría decir que había visto venir el resultado, pero, desgraciadamente, incluso yo albergaba alguna esperanza de poder reunir pruebas fehacientes de que no estaba loco.

Probablemente habréis adivinado lo que oí: la cinta conservaba claramente mi voz y mis airadas protestas, pero las respuestas burlonas y provocadoras de la Cosa que se hacía llamar Joe no eran audibles.

En vez de eso, lo único que se oía era la súplica aterrorizada de una voz masculina familiar, ronca por el desuso, pero por lo demás completamente ordinaria.

Resulta inútil decir que cuando llegué a casa machaqué la cinta con un martillo y la tiré. Estaba atrapado. No podía contarle a nadie lo que sabía. La Cosa me había superado sin esfuerzo. Sin pruebas de que se trataba de un monstruo inhumano que vivía del miedo y del sufrimiento de todos aquellos en contacto con él, no podía esperar que el hospital renunciara a alimentarlo y vestirlo. A medida que pasaban las horas, para ser sincero, empecé a dudar de todo lo que acababa de ocurrir. Ni siquiera estaba seguro de conservar la cordura.

Sé que si esto fuera una película yo terminaría superando mis dudas, volvería a enfrentarme al monstruo que se hacía llamar Joe y le clavaría la hoja de un hacha en el cráneo, o algo igual de dramático. Pero, por desgracia, aunque esta historia tuvo sus momentos de psicodrama de terror hollywoodense, no terminó de esta forma.

No volví al hospital aquella noche. De hecho, no estoy seguro de haber vuelto jamás a la habitación de Joe, y no por las razones que cabría esperar.

¿Por qué motivo digo que no estoy seguro? Bueno, esa es la última parte extraña de esta historia.

Cuando llegué a casa después de mi visita a la Cosa que se hacía llamar Joe en el hospital, encontré a Jocelyn esperándome. Enseguida se dio cuenta de que me pasaba algo y de que no estaba dispuesto a hablar del asunto. Me sirvió algunas copas y luego me abrazó hasta adormecerme.

Esa noche soñé que volvía al hospital, pero el recinto no estaba iluminado como de costumbre por las noches. Todas las ventanas parecían a oscuras y, si hubiera estado despierto, no habría sabido orientarme allí dentro. Pero, por lo visto, el sueño sí que sabía adónde iba, porque sentí que una fuerza implacable me empujaba hacia delante. Sin duda, mi subconsciente conocía el hospital mejor que yo, porque no entré por la puerta principal, sino que me colé por una salida de incendios poco conocida que, por una razón u otra, había quedado abierta. En la vida real, me habría sentido completamente desorientado. Subí a trompicones un tramo de escaleras en la oscuridad sin tener ni idea de adónde llevaban, pero una vez más, la parte de mi mente que evocaba la visión parecía conocer el camino y no tropecé ni una sola vez.

Mi destino, como ya habréis adivinado, era la habitación que pertenecía a la Cosa que se hacía llamar Joe. Pero el camino hasta allí no era normal. Quizás fuera porque en el sueño iba descalzo, pero el suelo bajo mis pies me parecía excesivamente resbaladizo, casi mojado, como si el conserje acabara de pasar la fregona. Sin embargo, esta no fue la característica más onírica de la experiencia; fue lo que sucedió cuando llegué a la habitación, cuando oí el chasquido de la cerradura y vi que la puerta se abría sola.

El eco de una voz horriblemente familiar cacareó desde el interior, y un líquido empezó a salir por el resquicio de la puerta. Fluía de la habitación a borbotones, como si hubiera abierto un acuario sellado, y recorrió el pasillo en un torrente, acompañado por una risa ronca y sepulcral que resonaba a un volumen ensordecedor. El líquido olía a hierro, sangre y orina; era el insoportable hedor que acechaba mis pesadillas desde mi más temprana edad. El sueño podría haber continuado, pero la sensación de frío y humedad que se abatió sobre mi piel era tan real que me despertó con un sobresalto y sentí que Jocelyn me sacudía frenéticamente. Según parece, la había despertado cuando empecé a farfullar con una voz profunda y acuosa que la asustó tanto que tuvo que despertarme. Además, debí de sudar mucho, porque cuando me desperté mi pijama parecía un trapo empapado. Al menos, me digo a mí mismo que eso es lo que ocurrió, porque la explicación alternativa es demasiado desconcertante.

Cuando fui al hospital al día siguiente para ver a la doctora G. y contarle lo que había descubierto en casa de Joe, vi una furgoneta de electricista y varios coches de policía en el aparcamiento. Cuando me dirigía presuroso a la consulta de la directora médica, en la planta superior, sentí que había sucedido algo grave y reparé en que el personal y los pacientes parecían alterados.

Encontré a la doctora reunida con algunos miembros del personal, pero los echó y me hizo pasar para que pudiéramos hablar a solas.

—Quiero saber qué pasó ayer durante tu viaje —me dijo, la tensión evidente en su voz—. Pero antes debes saber... Al parecer, anoche reventó una tubería en la sala del segundo piso y el agua inundó un disyuntor que hay cerca. El disyuntor está situado en el centro y en el interior del edificio porque es un eslabón vital del sistema y se supone que no es vulnerable a pequeñas cosas como las intemperies o las catástrofes. El electricista pudo venir a arreglarlo, pero todo el hospital se quedó sin luz entre noventa minutos y dos horas. Y durante el apagón, alguien entró en el hospital y desbloqueó la puerta de la habitación de un paciente, la de Joe, así como las puertas de acceso al pabellón de seguridad en el que se encontraba.

—¿Que alguien desbloqueó la puerta? ¿Y lo dejó salir? —Mi voz sonó estridente—. ¿Los han atrapado? ¿Lo han atrapado a él?

Su semblante se alteró ligeramente, como si en ese momento cayera en la cuenta de lo que había ocurrido.

—Sí, alguien lo dejó salir. No, no los hemos atrapado. Por desgracia, el apagón afectó a las cámaras de seguridad. Y no, no pudimos detenerlo. Joe se ha escapado.

30 de abril de 2008

Me doy cuenta de que el último post era un poco más corto. Después de teclear estas últimas palabras, «Joe se ha escapado», dejé a un lado el ordenador y tuve que quedarme a oscuras durante un rato. Aquel día ocurrieron algunas cosas que todavía me atormentan y que son especialmente difíciles de compartir. No estaba seguro de hacerlo, sobre todo a la luz de las reacciones que he recibido; veo que muchos de vosotros tenéis una opinión muy negativa de mi último post, pero creo que tengo que ser tan sincero como me sea posible con vosotros, con independencia de lo que decidáis creer. Ya habéis leído todo el meollo del misterio, pero la conclusión es igual de reveladora.

Como era de esperar, la policía me interrogó como sospechoso de su fuga. Las grabaciones de seguridad mostraban que había visitado la habitación de Joe durante veinte minutos esa misma tarde, sobre las seis, y Hank, el celador asignado por la doctora G. para vigilarme, la había informado de mi visita a Joe y de que me había oído discutir con él. Hank miró por la ventana de la puerta, pero como lo que vio dentro lo tranquilizó, pensó que no corríamos peligro de hacernos daño, lo que para mí se traducía en que no había visto nada de la transformación de Joe. Además, había un testimonio del doctor P. según el cual existía la posibilidad de que yo hubiera intentado ayudar a Joe a escapar la víspera. Pero Jocelyn confirmó mi coartada de que habíamos dormido juntos esa noche y, como supe mucho más tarde, la doctora G. hizo una declaración a mi favor explicando que mis acciones durante el primer intento de «fuga» habían sido un estudio del paciente con su conocimiento. En consecuencia, pronto me descartaron como sospechoso. El personal del hospital, en particular los celadores Marvin y Hank, tardaron más en creer mi inocencia, pero yo estaba demasiado preocupado como para alarmarme por sus miradas recelosas.

Lo irónico de la situación es que la policía pensaba que alguien tenía intención de hacerle daño a Joe. La política del hospital es avisar a las autoridades si un paciente se escapa, incluso si ha ingresado voluntariamente. El temor era que alguien hubiera liberado a Joe para gastarle una broma, o algo peor. Joe no tiene antecedentes penales; según la policía, no es violento. La mayoría de los

miembros de la comunidad hospitalaria detestaba a Joe o
se mantenían alejados de él, pero no llevaban allí el tiempo suficiente para conocer las agresiones que había cometido durante su infancia. Los pacientes y los empleados de la institución que habían oído rumores sobre Joe
—que las personas que lo trataban terminaban volviéndose locas— no hablaban por miedo a ser objeto de burla. La policía busca a un hombre adulto que cree enfermo y necesitado de cuidados.

No tienen ni la menor idea.

La conversación que tuve ese día con la doctora G. se
vio interrumpida por la noticia de que algo grave le ocurría a su mentor, el doctor. A. La doctora tuvo que marcharse bruscamente, así que no tuve ocasión de contarle
lo que había averiguado en casa de Joe M.: el esqueleto que había encontrado en la pared de su dormitorio.
Tampoco le hablé de mi enfrentamiento vespertino con
la abominación que había confirmado mis hallazgos,
pero no tenía ninguna prueba grabada aprovechable. En
cualquier caso, la doctora G. estaba inconsolable y se
desentendió del hospital en las semanas siguientes, así
que jamás tuve la oportunidad de volver a hablar con
ella. Al parecer, el doctor A. había sucumbido a una insuficiencia cardiaca en su casa. Una empleada doméstica
lo encontró a la mañana siguiente, tirado en el suelo de la
cocina, y las autoridades creen que sus síntomas fueron
violentos e insoportablemente dolorosos. Había una silla volcada y, cerca del cuerpo, una taza de café o de té

hecha añicos entre los papeles que debía de estar revisando.

Más o menos una semana más tarde, recibí un mensaje de la directora médica a través del doctor P., que, por increíble que parezca, mostraba un extraño optimismo y una gran energía tras la partida del paciente al que había conocido con el nombre de Joe. Era como si mi colega y yo nos hubiéramos intercambiado los roles. Yo me sentía desconcertado y exhausto, inseguro con respecto a la utilidad de nuestro trabajo frente a los estragos que veía a nuestro alrededor, mientras que un vigor renovado animaba al doctor P. Sin embargo, como había dejado de agredirme verbalmente, acepté el cambio con serenidad. Traía un mensaje de la doctora G., un informe de que Martha M., la madre de Joe, se había suicidado. Un jardinero la había encontrado dos o posiblemente tres días después de la muerte del doctor A. Por lo visto, había saltado desde la ventana del dormitorio de su hijo. No se mencionó la existencia de ningún elemento nefasto en la casa o el dormitorio. Ninguna mención de un agujero en la pared ni de una cripta con los huesos de su hijo. No tengo ni idea de qué pensar al respecto y, como no he vuelto a ver a la doctora G., no he podido preguntarle.

El hospital recuperó cierta normalidad en el transcurso de las dos semanas siguientes, pero yo estaba en estado de ansiedad. A pesar de que era el único médico que había salido indemne de su colaboración directa con

Joe, me sentía un completo fracaso. Y aún quedaba otra calamidad por venir.

Más o menos dos semanas después de la desaparición del demonio, la policía del campus me despertó para conducirme al hospital universitario, donde encontré a Jocelyn herida y ensangrentada. En cuanto la vi, supe que todo iba mal. Sus ojos verdes, normalmente brillantes y expresivos, estaban apagados y vidriosos. Tenía el pelo revuelto y enmarañado. Mostraba una expresión tan desvariada y quebradiza que me conmocionó. Cuando intenté rodearla con mis brazos para consolarla, retrocedió, como si repudiara la sola idea de que alguien la tocase. Después, lentamente, se fundió en mis brazos con una sonrisa torcida y rota que indicaba a todas luces que había sufrido una experiencia profundamente traumática.

La policía me explicó que Jocelyn había sido agredida cuando salía de la biblioteca esa misma tarde. Como quizás ya habréis adivinado, cuando le preguntaron por su agresor, describió a un hombre menudo, con el cabello rubio desgreñado y la mirada perdida; es decir, en mi opinión, la forma humana adoptada por la Cosa que se hacía llamar Joe. Supuse que me habría seguido hasta la ciudad.

Al oír aquello, necesité hacer acopio de toda mi cordura para no venirme abajo. ¿Cómo era posible que yo, un hombre que había estudiado medicina porque no soportaba la idea de que una de las mujeres más importan-

tes de mi vida, mi madre, terminara destrozada por la
negligencia, hubiera permitido que la otra mujer de mi
vida fuese igualmente destruida por mi propia negligencia? Era angustioso solo de pensarlo, máxime cuando
amaba profundamente a Jocelyn, y por eso me dolía verla
lastimada de una manera tan primitiva e irreversible. Si no
hubiera estado gravemente herida y necesitada de cuidados hospitalarios, quizás habría huido de New Haven,
de ella y de toda mi vida adulta en ese preciso instante,
sabiendo que lo único para lo que creía haber venido al
mundo —curar y proteger a los demás— había sido la
causa de mi fracaso con alguien que amaba. Soy consciente de lo irracional que puede parecer esto, pero, la
verdad sea dicha, yo era un verdadero desastre emocional.

Me resultaba imposible negar, ni siquiera por un instante, el peligro que le había ocasionado involuntariamente a Jocelyn —y al mundo entero—, y era casi tan
terrible constatar el carácter absurdo de todo ello. Justo
cuando creía que había comprendido al demonio, este
volvió a sorprenderme. Había creído que quería permanecer encerrado y rodeado de los enfermos psicológica-
mente destrozados del hospital, así que ¿por qué esca-
parse ahora? Llevaba décadas viviendo cómodamente en
ese pabellón y había neutralizado fácilmente la amenaza
que yo representaba. ¿Por qué arriesgar su suerte en el
mundo exterior?

Por desgracia, terminé por encontrar una teoría para

esta última pregunta, que al instante me llenó de un fuerte sentimiento de culpa. Al rememorar la última conversación entre la Cosa y yo, recordé que la razón por la que había permanecido en el hospital era que «no sabía cómo ser una presa»; es decir, comportarse como un ser humano. Aparte de eso, no mutó en respuesta a mi provocación del «conejito esponjoso» porque sabía que yo «no me lo creía». Además, aunque todos sus medios para infligir tortura psicológica descansaban en algún tipo de conocimiento no humano, aun así eran métodos que un humano podría emplear. Por eso, la única conclusión a la que pude llegar fue que, mientras todos los miembros del personal trataran a la Cosa como si fuera humana, ella debía plegarse a esa percepción.

Así, a su manera terriblemente triste, el pobrecito Joe había aprisionado a la Cosa al hacerla pasar por humana. Es cierto que un paciente la había llamado «puto monstruito», pero la Cosa debió de entender que se refería a un monstruo metafórico y no a un monstruo literal. Como el paciente no pensaba que era inhumana, ella no podía mutar. Y mientras nadie más descubriera el engaño, estaba atrapada en esa forma.

Pero fue necesario que yo apareciera para decirle que no solo creía que no era humana, sino que sabía que no lo era. Y eso debió de liberarla, permitiéndole adoptar la forma más eficaz, ya fuera un monstruo, una persona o la ola de orina y sangre que viví en mi sueño. Y, una vez restaurada por completo su capacidad de metamorfosearse, ya no necesitaba depender del hospital como un santuario donde las personas han sido formadas para no creer en los monstruos.

Esta era, y sigue siendo, mi teoría sobre el motivo de su fuga. Por desgracia, es probable que nunca pueda probarla o refutarla, lo que significa que pesará sobre mi conciencia, sin resolver, para siempre.

1 de mayo de 2008

Creía que el post del 30 de abril sería de verdad el último, pero no puedo dejar las cosas así, con una nota tan negativa. Quiero que sepáis en qué punto nos encontramos ahora y lo que he hecho para intentar redimirme en este mundo.

Jocelyn quedó profundamente marcada por la agresión sufrida. Pasó unos días en el hospital, luego se retiró a nuestro dormitorio para recuperarse, antes de caer en una depresión catastrófica. Cuando empezó a insistir en que no tenía ganas de terminar el doctorado, llegando incluso a destrozar su ordenador y los discos duros de seguridad delante de mí, le planteé la idea de mudarnos. Nosotros también necesitábamos huir de allí.

Jocelyn abandonó sus estudios y yo decidí dedicarme a la práctica privada. Mis contactos del internado y la facultad de medicina nos permitieron mudarnos. Revelaré que estamos en otra región, pero no quiero decir dónde. La agresión y el trauma cambian a una persona. Durante mucho tiempo, apenas reconocí a Jocelyn, y sospecho que a ella le pasaba lo mismo conmigo. Sin embargo, nuestro amor era duradero y nos casamos dieciocho meses más tarde. Cada día aprendemos algo nuevo el uno del otro. Nuestras cicatrices no se han cerrado, y veo que Jocelyn sigue luchando contra la depresión. Presenta un aspecto feliz, pero se ha vuelto muy casera y no muestra ningún interés por hacer nuevos amigos. Dice que yo soy todo lo que necesita.

Por mi parte, siempre he necesitado aportar una contribución más importante. Acaso porque no crecí protegido por la riqueza, como Jocelyn, acaso porque sé que tengo una parte de responsabilidad en esta historia, pasaré el resto de mis años expiando mis culpas.

Para este fin, he utilizado los conocimientos que adquirí de aquel paciente de la mejor manera posible. He abierto una consulta psiquiátrica especializada en el tratamiento de niños que sufren delirios paranoides o trastornos del miedo. Algunos casos son bastante clásicos, mientras que otros implican delirios compartidos, como el niño cuyos padres pensaban que el fantasma de su hermana mortinata lo acechaba.

De vez en cuando, un niño me habla de un monstruo que le impide dormir. Unas veces viene de la pared. Otras, del armario. O de debajo de la cama. Pero, venga de donde venga, siempre es lo que más miedo les da. Salvo que ahora hay otro detalle, que dificulta el sueño, incluso para mí: a veces, los monstruos aguijonean a sus víctimas, diciendo que ellos solo son niños que se han transformado en monstruos, y piden a los atormentados niños que los ayuden a «liberarse», diciéndoles que también son personas. O, peor aún, a veces no estoy seguro de si esos niños me están pidiendo ayuda de verdad o de si siquiera son niños. Puede que sean demonios como Joe enseñando con regodeo su obra a la única persona que puede saber lo que son y cómo detenerlos. A veces creo que se ríen en mi cara, detrás de esos ojos aterrorizados de niño en apariencia inocente.

Sea cual sea la razón que mueve a estos jóvenes a contarme lo que los aterroriza cuando cae la noche, el hecho es que algunos de ellos son definitivamente niños humanos. Y es por esas criaturas indefensas y desesperadas, y por sus respectivas familias, por las que me dedico a la medicina. Porque, a diferencia de otros médicos, yo sé lo que está en juego. Puede que esté paranoico también, pero recuerdo las palabras del monstruo. Recuerdo que se vanagloriaba de que alguien como yo nunca hubiera tenido la oportunidad de ser una presa, y me estremezco ante la connotación de esas tres primeras palabras, porque sé lo que significan: fuera lo que fuera «Joe», no era el único. Tal vez exista una especie entera de esas cosas viviendo en un mundo paralelo y solo ahora están despertando al hecho de que pueden vivir entre nosotros.

Pues que me parta un rayo si dejo que otra de esas cosas tome el control de la vida de un niño. Y supongo que mis sospechas suelen ser ciertas, porque los críos a los que trato y que sufren este tipo de visitas nocturnas rara vez necesitan una segunda sesión después de mis consejos.

Hasta ahora, solo Jocelyn conocía esta historia. Y ella me cree. Siempre ha sido muy insistente para que la contara, tanto que a veces he pensado que estaba sedienta de eso. Hasta hace poco, siempre le había dicho que no.

Pero hace unos meses, antes de empezar a escribir estas líneas, me reveló que estaba embarazada. Y esta vez, cuando me pidió que escribiera esta historia para el público, tenía una buena razón.

Me dijo: «Quiero que recuerdes lo buen hombre que eres, Parker. No entiendes que eres lo mejor que me ha pasado en la vida. No entiendes hasta qué punto me siento libre contigo. Lo mucho que me gusta la persona que soy contigo, a pesar de todo lo que ha pasado. Y quizás nunca llegues a entenderlo. Pero si no sabes que eres un buen hombre, ¿cómo confiarás en ti mismo para ser un buen padre para nuestros hijos? ¿Quién sabe? Puede que, si cuentas esta historia, seas capaz de perdonarte a ti mismo. Además, ¿permitiría un buen hombre que el mundo siguiera ignorando las cosas que tú sabes?».

Cuando oí a Jocelyn decir esto, por un instante vislumbré a la mujer de la que me había enamorado, escondida tras la sonrisa maniaca y torcida que exhibe desde su calvario. Con ese destello de reconocimiento, supe que no podía darle un no por respuesta.

Aquí estoy, pues, escribiendo esta historia en el ordenador y rezando porque me creáis. Si no lo hacéis, no pasa nada. Yo mismo no sé si creerlo o pensar que solo es un episodio de una psicosis mayor que un día me volverá tan loco como mis pacientes. Pero si sois padres, o psiquiatras, y tenéis pacientes o hijos que os cuentan historias como la del verdadero Joe, entonces esto es lo que la medicina y mi humanidad común me obligan a advertiros:

Hagáis lo que hagáis, no les digáis a vuestros hijos que los monstruos que ven solo son fruto de su imaginación. Porque si esta historia es cierta, aunque solo sea en parte, puede que estéis firmando su sentencia de muerte.

Gracias por haberme leído.

Con mis mejores deseos,

Parker

Agradecimientos

En primer lugar, gracias a Jaime Levine, de Houghton Mifflin Harcourt (HMH) Books and Media, que me regaló una editora en la que poder confiar ciegamente la producción de mi cabeza, sabiendo que la afinaría y la oscurecería hasta la perfección. Gracias también al doctor Harrison Levine por responder a las numerosas preguntas de un aficionado entusiasta sobre la práctica de la psiquiatría. Todos los errores son míos o fruto de lo que Joe exigió para contar su historia. También quiero dar las gracias a Katie Kimmerer, directora editorial de HMH, así como a Laura Brady, editora y correctora del manuscrito. Vaya también mi gratitud a Wendy Muto, de Westchester Publishing Services, por guiar a *El paciente del doctor Parker* a través de los entresijos del proceso de producción.

También en HMH, gracias a mi publicista, Michelle Triant, que ha respondido a todos mis correos alarmistas con experto aplomo. Gracias a mi responsable de marketing, Hannah Harlow; al editor de HMH, Bruce Nichols; a la directora editorial de HMH, Helen Atsma; a la asistente editorial, Fariza Hawke; y a Tommy Harron y el equipo de audio; así como a Ed Spade, Colleen Murphy y todo el departamento de ventas. Gracias también a Ellen Archer, presidenta comercial de HMH; a Lori Glazer, vicepresidenta *senior* de publicidad; a Matt Schweitzer, vicepresidente *senior* de marketing; a Becky Saikia-Wilson, editora asociada; a Jill Lazer, vicepresidenta de producción; a Kimberly Kiefer, directora de producción; a Emily Snyder, supervisora de diseño; y a Christopher Moisan, director del departamento artístico. Por último, pero no menos importante, gracias a Mark Robinson por el magnífico diseño claustrofóbico e inquietante de la cubierta de este título.

Gracias a mi representante, Josh Dove, de Stride Management, por arriesgarse conmigo antes de que yo creyera merecerlo; a mi agente de cine y televisión, Holly Jeter, de William Morris Endeavor (WME), que gestionó mi entrada en las brillantes y abrasadoras luces de Hollywood; y a mi agente literario, Joel Gotler, de Intellectual Property Group, que es el guardián de mi creatividad en el mundo literario. También en WME, gracias a June Horton y Beau Levinson por negociar incansablemente en mi nombre y por enfrentarse a las adversidades del sistema legal de Hollywood. Gracias a Ryan Reynolds y Roy Lee, que cambiaron mi vida para siempre cuando decidieron llevar a mi pequeño monstruo a la gran pantalla.

Gracias a los numerosos amigos que me inspiraron personajes y me animaron a plasmarlos en papel. En particular, gracias a mi grupo de Dragones y Mazmorras (ya sabéis quiénes sois), que fue el primero que me empujó a probar suerte escribiendo ficción. Gracias a McKenna, sin la cual el paciente no tendría el nombre que tiene. Gracias a mi madre por mantener viva mi imaginación durante toda mi infancia y por no dejar de creer en ella ni siquiera cuando yo lo había hecho. Gracias a Stephen, el padre que debía haber tenido. Gracias a Sophie, que me obligó implacablemente a seguir perfeccionando y creyendo en mis dotes de escritor. Gracias a IHOP por los cafés helados sin fondo que me mantuvieron escribiendo los cuatro primeros capítulos de esta historia antes de que se me ocurriera siquiera compartirla con el mundo.

Por último, gracias a todos los usuarios de Reddit que votaron esta historia cuando debutó en diciembre de 2015. Sin vosotros, nunca habría terminado *El paciente del doctor Parker*. Sin vosotros, no estaría donde está hoy. Sin vosotros, yo sería un hombre diferente. Desde lo más hondo de mi corazón, gracias.